U0678359

The Great Gatsby

了不起的
盖茨比

[美] 弗朗西斯·斯科特·基·菲茨杰拉德 著

宋云 译

百花洲文艺出版社

The Great Gatsby

谨以此书，

献给那些热爱阅读的人们!

contents

·目录·

The Great Gatsby

扫码听故事

了 不 起 的 盖 茨 比

chapter 01

·第一章·

在我还是年少、稚嫩的年龄时，我父亲便给了我一个忠告，它至今萦绕在我的脑际。

"每当你觉得想要批评什么人的时候，"他对我说，"你切要记着，这个世界上的人并非都具备你禀有的条件。"

他没有再说什么，可是我们父子之间常有一种一点就通的默契，我心里明白父亲的话里有着更多的含义。从此，我总是倾向于对人对事不妄作评断，我的这一习惯致使许多秘密的心灵向我敞开，也使我成了不少牢骚满腹的人的牺牲品。当这一品行在一个正常人身上表现出来的时候，变态的头脑便会很快地察觉到这一点并且依附于其上。正是由于这个原因，在学院里我被不公正地指责为政客，因为我暗中知道许多行为不检、来路不明的人的隐私和悲苦。这些心腹话儿大多都是它们自己找上门来的——当我通过某种准确无误的迹象意识到谁有贴己话要向我倾诉的时候，我总是在装着睡觉，或是心不在焉，或是装出一种冷漠和不屑一顾：因为青年人诉说其隐秘时，或者至少是他们所使用的语言，在开场总是窃用别人的话语，而且表现出明显的吞吞吐吐。不妄加评断能给事情留下无限的余地。直到现在，我仍然有点害怕我会失去什么，假使我忘记了父亲不无骄傲的叮嘱和我不无骄傲地重复的话：人们的善恶感一生下来就有差异。

在我这般地吹嘘了一通我的宽容精神之后，我到头来还得承认这种宽容是有它的限度的。人的品行有的好像建筑在坚硬的岩石上，有的好像建筑在泥沼里，不过当超过一定的限度，我就不在乎它建在什么之上了。在我去年秋天从东部回来的时候，我真想让世界上的人都穿上军装，在道德上都永远取立正的姿势；我再也不想毫无顾忌地尽兴地窥探人们的灵魂。只有盖茨比，以其名作为这本书名的男主人公，不被包括在我的这一改变了的行为之列——盖茨比，此人体现了一切我分明蔑视的事物。不过，如果说人的品格是由一连串美好的行为举止组成的，那么，在盖茨比身上，倒也不乏某种光彩，不乏一种对生活展现出的种种憧憬的高度感应能力，宛如他身上接通了一架能测出万里之外的地震的精密机器。这种感应力与那毫无生气的易感性（它被冠之以"创造的品性"之后变得体面起来）毫无干系——它是一种与希望维系在一起的非凡品质，一种富于浪漫色彩的敏感性，这一天赋我在别人身上从来没有见到过，而且以后也不大可能见得到了。不——到最后证明盖茨比并没有错！倒是那吞噬了盖茨比的力量，那接踵在其梦想之后扬起的污垢飞尘，使我暂时放弃了我窥视人生的徒劳悲伤和短暂欢乐的兴趣。

我家一连三代都是这个中西部城市里的有名的富贵人家。我们卡拉威家也算得上是一个大家族，据家谱记载我们还是布克里奇公爵的后裔，不过我这一脉的实际创始人则是我的伯祖父，他五十一岁时来到美国，南北战争时期他雇了一个人去替他打仗，自己却做起了五金批发生意，这门生意我父亲一直从事至今。

　　我从来没有见过我的这位伯祖父，不过家人以为我长得像他——特别的依据就是一直挂在我父亲办公室里的那幅颜色发了黄的伯祖父的画像。我一九一五年从纽黑文毕业，正好是我父亲从那里毕业二十五周年，稍后一些时候我便参加了那酷似公元一世纪初条顿民族之大迁徙的世界大战。我是那么醉心于那场反击战，以至回到美国以后我倒觉得无所适从。在我看来，中西部现在不再是世界繁荣的中心，倒像是这个世界上边远的贫瘠之地——因此我决定到东部去学做票券生意。我所认识的人都在做票券生意，所以我想这门生意再多养活一个单身汉应该是不成问题的。我所有的姑舅叔婶们都商量了这件事，那慎重的态度就像是为我入学挑选学校一样，最后他们表情严肃而又略带迟疑地同意道："啊，那就这样定了吧。"父亲答应资助我一年，几经耽搁之后，我终于在我二十二岁的那年春天到了东部，我当时以为这次来后我就永久性地住下去了。

　　来后第一件实际要做的事情，是寻找住房。那时正值温暖和煦的季节，我又是刚刚告别了有着宽阔的草地和葱绿林木的乡村，因此当我办公室里的一位年轻同事建议我们两人到近郊区租间房一起住时，我觉得这真是个好主意。他去租到了房子，一间久经风吹雨淋的木板平房，月租金八十美元，可是就在这个时候公司派他去了华盛顿，结果我独自一人住到了那里。我有一条狗——至少在它逃走之前与我相伴了一些日子，一辆旧道奇牌轿车和一位芬兰籍的女用人，她为我整理床铺做早饭，有时守着电炉子，自言自语地念叨她们国家的谚语格言。

　　这样寂寞地度过了一两日后，一天早晨，一个到此地比我还晚的男子在路上叫住了我。

　　"嗨，到西卵镇怎么走？"他求助似的向我问道。

我告诉了他。当我再往前走的时候我便不再寂寞了。一路上我成了一个向导，一个引路人，一个土著居民。他无意间也给了我一种邻居间的信任感。

这样当阳光日渐和暖，树上顶出嫩嫩的绿叶时——宛若银幕上的植物生长得那么快，在我身上又复生了那一熟悉的信念：随着夏日的到来，生命又将重新开始。

我有大量的书籍需要阅读，而且我要从这清新扑面的空气中汲取勃勃生机。我买了几本关于银行业、信贷和投资证券的书，它们红皮烫金，立在我的书架上（像是刚从造币厂印出来的新钞票），好像是要把只有迈达斯①、摩根②和米赛纳斯③才知晓的了不起的秘密展现给我。另外，我也满心打算再读许多其他方面的书籍。在学院时，我就饶有文名——有一年曾为《耶鲁新闻》撰写了一系列格调严肃、文字晓畅的社论——现在我打算在学做金融的同时把这些旧业重操起来，再度成为一个"万事通"专家，所有各类专家中智力最有限的一种。这不仅仅是一句格言警句——生活从一单个的窗口去眺望，毕竟显得成功得多。

我竟然会在美国北部的一个风俗奇特的居住区里租下一所房子，这纯属偶然。这个区位于纽约正东的那一狭长喧闹的小岛上——那儿除了自然风光旖旎瑰丽之外，还有两处很不寻常的地形构造。在离纽约市二十里开外处，有两个在外形轮廓上极相似、中间仅由一片小湾分割开来的蛋卵形地域，它们两个的最前端都延伸进了西半球最平静的咸水海域，此处被称为长岛桑德湿地。

---

①古希腊神话中的国王，曾祈求神赐予他点物成金的法术。
②美国金融家，第一次世界大战前的世界金融巨头之一。
③古罗马大财主。

它们并不是那种完美的椭圆状——恰似有关哥伦布故事里的鸡蛋，它们与大海相接的那一端都像是被挤压过了似的显得扁平——不过，它们外形上相像，总是使飞过的海鸥辨别不清方位。对于没有翅膀的人来说，更有趣的现象则是，除了形状和大小的相似，它们在其他每一个方面都有不同之处。

我住在西卵镇，哦，可以说在华丽和气派上它略逊于东卵镇，尽管用此语来表示它们之间的那种奇特、怪诞的对比几近于肤浅。我的房子位于西卵的顶端，离桑德海湾只有五十码远，而且被夹挤在两幢光是一个季节的租金便高达一万两千到一万五千美金的巨大宅邸中间。在我右边的建筑，无论用什么标准来衡量，都可以说是雄宏壮观的——实际上它是诺曼底市政厅的仿造物，在它的一侧耸立着一座塔楼，由一层稀疏的常春藤盘绕着，显得很有新意；再过去一点儿是一个大理石游泳池，还有四十多英亩的草坪和花园。这就是盖茨比的住宅。因为我还不认识盖茨比先生其人，所以倒不如说这是一个叫作那一名字的先生的住所。我自己的寓所显得寒酸，不过好在其小，人们也不太注意，我从我住的这里可以看到大海，可以观赏我邻居的一方草坪，这给我一种与百万富翁毗邻的慰藉感——而这一切只需我每月付出八十块钱的房租就可以了。

越过那个小海湾，就可见东卵镇上那些华丽入时的白色高大建筑，映着海水发着熠熠的光辉。可以说，这个夏天的故事便是从我那天傍晚驱车到了那边，与汤姆·布坎恩夫妇共进晚餐以后才真正开始的。黛西是我的一个远房表妹，汤姆是我在上大学时认识的。在我刚刚打完仗回来的时候，我曾在芝加哥和他们待了两天。

黛西的丈夫擅长各种体育活动，他曾是纽黑文有史以来最著名的足球健将之一——在某种程度上说够得上是国家级的球星了，他可以说是这样一种人中间的一个，即在二十一岁时就取得了几乎达到其极限的优异成绩。而在这之后，他在每一件事上尝到的都是走下坡路的苦涩。汤姆家是非常有钱的富户人家——早在大学里时他就因挥金如土遭到人们的指责。

现在，他离开芝加哥来到东部的那种气派更是叫人感到惊讶，举个例子来说吧，为了打马球他从福雷斯特湖一并带来了一批赛马。一个和我同时代的年轻人能富足到做这种事，真是叫人难以相信。

我不清楚他们夫妇两人来到东部的原因。在这之前，他们也没有什么特别的缘由曾在法国待了一年，然后就飘来荡去，哪里有人在打马球，哪里有富人们聚在一起，他们便去到哪里。黛西在电话里告诉我说他们这一回是最后一次搬家，可是我不相信——虽然我一点儿也看不透黛西的内心，但是我觉得像汤姆这样的人是会永远飘荡下去的，他会急不可待地去追求刺激，哪怕是一场不可多得的足球赛的戏剧性的激奋场面。

就这样，我于一个暖和多风的傍晚开车到东卵镇去看望我几乎一点儿也不了解的两位老朋友。他们的房子比我所想象的还要富丽堂皇，是一座赏心悦目、红白两色相间的乔治殖民时期的别墅建筑，它高高耸立，俯视着海湾。草坪从海岸边起始，到房屋的前门有四分之一英里①长，其间它越过了日晷、铺砖的便道和鲜花盛开的花园——最后当它抵达屋前时，又以鲜绿的藤蔓沿着墙壁攀缘上去，好像是它一路疾跑的动力使它一下子腾跃而起。别墅的正面有一排法国式的落地长窗，正映着太阳发出金色的光亮，窗户打开着，迎进傍晚的习习凉风。汤姆·布坎恩穿着骑装，正两腿叉开站在前厅的门口。

和他在纽黑文的那些年相比他已经变了不少。现在的他已是一个三十岁

---

① 1 英里 =1609.344 米。

的壮汉子了，他的头发呈浅黄色，嘴角边透出强硬，行为举止显得桀骜不驯。两只炯炯发光的、流露出傲慢神情的眼睛统治着他的整个面部，给他的脸增添了一种咄咄逼人的表情。甚至连他格调柔和文雅的骑装也掩饰不住他那身体的巨大力量——他的脚把一双雪亮的靴子撑得鼓鼓的，好像就要把脚踝上的靴带挣断了似的，当他的膀臂在他紧身的上衣里活动的时候，你能看到他非常发达的肌肉在颤动。这是一个能够承受住巨大压力的身体，一个剽悍的肉体。

他说话的声音粗犷蛮横，这便又增加了他给人们的那一暴戾任性的印象。从这声音里能听出一种长辈对晚辈的轻蔑语调，甚至对他所喜欢的人也不例外——在纽黑文时，就有人对他的这种厚颜妄为很是厌恶。

"喂，不要只是因为我比你体格强健，更像个男子汉，"他似乎在说，"就以为我对事物的看法就是决定性的了。"我们同属于高年级学生联谊会，尽管我们俩从来没有深交过，可是我总有一个这样的印象：他在用他那骄横的一厢情愿赞许我，并要我喜欢他。

我们在落着余晖的门廊前聊了几分钟。

"我终于在这儿找到了一个好住所。"他说，眼睛不停地扫射着四周。

接着，他用一只手臂转过我的身子，移动一只粗大扁平的手，指着眼前的景色：一座意大利式的凹形花园，半英亩地的枝叶茂盛、芳香扑鼻的玫瑰花丛，还有一艘停泊在岸边、随着潮头颠簸着的平头小汽艇。

"这房子以前是德梅因的，一个世界石油大王。"说着他又将我的身体友好而急速地转了过来，"还是让我们进屋去吧。"

我们穿过一条高屋顶的走廊，进到明亮宽敞呈玫瑰色的大厅，这大厅两头的法国式落地窗户将大厅和里面的房间巧妙地连接在一起。这些落地式窗户半开着，映着外面的几乎快要延伸到房子里来的油油嫩草，窗户上的玻璃发出

闪闪的白光。一阵微风吹过屋子，先是将深色的窗帘吹得像旗子一般飘舞起来，直抛向乳白色的天花板，然后又轻轻地拂过粉红色的地毯，宛如风吹过海面一样留下一串影子。

屋子里唯一纹丝不动的物体是一只硕大的沙发，两个年轻女子躺在上面，就好像是浮在一个待飞的气球上。她们都身裹素衣，微风吹得她们的衣服窸窸窣窣地抖动，仿佛她们是绕着房子飞了一圈，刚刚飘回到了屋子里。这当儿我一定在那里立了好一会儿，谛听窗帘的噼啪声和墙上画幅的沙沙声。后来只听见"砰"的一声响，汤姆关上了他身后的落地窗户，室内的风一下子消逝了，窗帘、地毯还有两个年轻的姑娘都缓缓地飘落到地面上来。

这两位女子中较为年轻的那一个我并不认识。她舒展地躺在沙发的一端，一动也不动，她的下巴微微地翘起了一点儿，好像是在维持着她下巴上一个快要掉下来的什么东西的平衡。如果说她用眼角看到了我的话，她一丁点儿也没有表示出来——的确，我被吓了一跳，几乎因为进来打扰了她而要嘟囔出一句道歉的话。

　　另外的那个女子，做了一个要起来的姿势——她的身子稍稍向前倾了倾，脸上一副诚挚的表情——随后她笑了起来，一种娇嗔、迷人的笑，跟着我也笑了，一边迈进了屋子。

　　"哟，我高兴得起不来了。"因为好像是说了一句非常机巧的话，她又笑了起来，她握住我的手，抬眼看着我的脸端详了一会儿，似乎在向我表明，在这个世界上她再也没有这么想要见到的人儿了。这正是她的一个迷人之处。

她小声地告诉我那个女孩的名字叫贝克。（我听人说过黛西之所以这样低声低语地跟别人说话，只是想撩人贴近自己：这种不着边际的指责并不能诋损她的这一魅力。）

这时，贝克小姐的嘴唇总算是翕动了几下，并且几乎让人觉察不到地对我点了点头，接着又很快地把她的头仰了回去——她正在极力平衡着的物体一定是有点儿倾斜了，这使得她吃了一惊。道歉之类的话又再一次到了我的嘴边。任何一种旁若无人的自信的表示，都几乎能叫我瞠口呆，欣羡不已。

我回过头来望着我的表妹，她又开始用她那低低的、撩人心意的声音问我话了。这是那种不由得你不竖起耳朵去倾听的音调，好像她说的每一句话都是一组你终生再也难以听到的优美音律。她的面庞忧伤而动人，有一双明亮的眸子和娇艳多情的嘴唇。而且她的声音里含有一种使每个喜欢她的男子都难以忘怀的激情：一种类似于歌声的力量，一种要你去"倾听"的轻轻召唤，一种无限的意蕴，它告诉你她刚刚做了令人高兴和激奋的事情，而且马上又要有令人兴奋的事儿发生了。

我告诉她我来东部时在芝加哥停了一天，那儿的十多个朋友都托我转达对她的热爱。

"他们都想念我吗？"她不无遐想地大声问。

"整个城市都显得凄凉，所有轿车的左边后轮上都被涂成黑色以表示怀念，湖的北岸一带，整夜都有人在哭泣。"

"多么壮观的情景！让我们回芝加哥去，汤姆。明天就走！"随即她又突然不相关地说，"你应该见见我的孩子。"

"我很愿意。"

"她正在睡觉。我的女儿才三岁。你从来没有见过她吧？"

"没有。"

"哦，你该见见她。她……"

汤姆·布坎恩一直在房间里不停地踱来踱去，此时他停了下来，一只手搭在我的肩膀上。

"你现在在干什么，尼克？"

"我在做债券生意。"

"和谁一起做？"

我告诉了他。

"从来也没听说过这些人。"他肯定而又干脆地说。

这话刺恼了我。

"你会的，"我简慢地回答说，"只要你待在东部不马上走，你会知道这些人的。"

"噢，我会在东部住下去的，这一点你不用担心，"他一边说一边瞅瞅黛西和我，好像他觉察出我话里有话，"要是再到别的什么地方去住，那我才是个十足的大傻瓜呢。"

就在这当儿，贝克小姐突然猛不防地说了一句："绝对是如此！"惊了我一跳——这是我进屋以后她说的第一句话。很显然，这话也惊了她自己一跳，因为她打了个呵欠就动作敏捷地一骨碌起身站在了屋子里。

"哦，我的身子都快要僵了，"她抱怨说，"我自己也记不清我在这沙发上躺了有多久了。"

"不要看着我说，"黛西反驳道，"整个下午我都在劝你到纽约市里去。"

"不，谢谢，"贝克小姐冲着刚从餐具室端上来的四杯鸡尾酒说，"其实，我刚才一直在进行着真正的训练。"

她的男主人不相信地望着她。

"你在训练？"他一口喝下了他的那一杯，好像杯子里只有一滴酒似的，"我真不知道，你是如何把什么事情做成的。"

我瞧着贝克小姐，在纳闷儿她所"做成的事"指的是什么。我不无欣赏地望着她。她是一位身材窈窕、乳房小而挺的姑娘，身板很直，这后一点更由于她像个军校学员似的挺着肩膀而显得更为突出。她的一双晒惯了阳光的灰色眼睛也好奇而又友好地回望着我，她那张苍白的脸显得迷人而自负。我蓦然想起我以前在什么地方见到过她，要不就是见过她的照片。

"你住在西卵镇吧？"她不无轻蔑地说，"我认识那儿的一个人。"

"我谁都不认……"

"你一定认识盖茨比。"

"盖茨比？"黛西追问道，"哪个盖茨比？"

我还没有来得及回答说他是我的一个邻居，就听有人喊吃晚饭了；汤姆不由分说，用他那坚实的胳膊挽着我，从屋子里一起走了出来，就好像他移动的是棋盘上的一颗棋子。

两个年轻女人用她们的手轻轻地抚着她们的臀部，柔弱而又慵懒地走在我们的前面，我们走过房间来到了玫瑰色的前厅，前厅里沐浴着落日的余晖，摆放在饭桌上的四根燃着的蜡烛，迎着减弱了的风势，发着摇曳的光亮。

"为什么要点上蜡烛？"黛西蹙眉反对说。她用手指将它们捻灭了。"再过两个星期，一年中最长的一天就要到了。"她粲然地望着我们三人，"你们是否总是非常留意这最长的一天，而后又对它充满怀念呢？反正我是这样子的。"

"我们应该计划些什么事情才对。"贝克小姐打着呵欠，仿佛是要上床睡觉似的懒洋洋地坐到了饭桌旁边。

"对呀？"黛西说，"我们该计划做些什么好呢？"她转过身子求助似的向我问道，"人们平常在计划些什么呢？"

我还没有来得及回答，她的眼睛已经在惊恐地盯着她的小拇指了。

"瞧呵！"她抱怨起来，"我把它弄疼了。"

我们三人都俯身去看——果然指关节处烧成了青黑色。

"这是你造成的，汤姆，"她数落起来，"我知道你并不是有意的，可是你造成的这是我咎由自取，嫁了你这么一个鲁莽的男人，嫁了你这个又高又大的、四肢发达的……"

"我讨厌你说'四肢发达'这几个字，"汤姆生气地说，"就是开玩笑也不行。"

"四肢发达。"黛西又说了一句。

有时候，黛西和贝克小姐一下子就轻松地说起话来毫不惹人眼目，只是一些不打紧的玩笑，连真正的聊天也算不上，这种谈话就像她们身上穿的素衣和她们那无所欲望无所表情的眼睛一般清爽。她们坐在这儿，也知道我和汤姆在这里存在，仅此而已，她们只是稍有一点儿客套和愉快的神情，使气氛显得和睦罢了。她们知道晚饭很快就会结束，在这之后一会儿傍晚也会过去，被人们随便地置在脑后了。这和西部的生活习惯完全不同，西部人总是在跟傍晚争抢时间直到夜幕的降临，在这一段时间里人们总是不无失望地还在期待着什么，或者说是怀着一种紧张的心理，在担心傍晚结束时刻的来临。

"你让我觉得自己是个未开化的人了，黛西，"我在喝完第二杯略带苦涩可又颇有滋味的红葡萄酒时说，"你就不能谈一谈关于庄稼之类的话题吗？"

我说这话并没有什么特别的所指，可不料被汤姆接了过去。

"文明正在走向毁灭，"他激动地说，"我现在是个可怕的悲观主义者了。你读过一位名叫戈达德的先生写的《有色帝国的兴起》吗？"

"噢，没有。"我回答说，对他说话的语气颇感吃惊。

"哦，那可是本好书，人们都应该读一读。书的主要思想是，如果我们再不当心的话，白色人种将要……将要被彻底地征服了。书里都是科学的资料，而且它已经被证明了。"

"汤姆现在变得深奥起来了，"黛西说，脸上一副忧伤可又无所思的神情，"他读一些非常难读的书，里面尽是些长长的术语。刚才我们说的那个词是……"

"反正，这些书都是颇具科学性的，"汤姆不耐烦地瞥了她一眼，坚持说道，"那位老兄已经把整个情况说得很清楚。我们这一占着统治地位的白色人种必须百倍地警惕，否则其他种族就要占上风了。"

"我们一定得把他们打垮。"黛西朝着红红的太阳愤愤地眨着眼睛说。

"你们应该去加利福尼亚州生活……"贝克小姐说，可是汤姆在椅子上沉重地摇晃了几下，打断了她的话。

"作者的观点是，我们是北欧日耳曼人的后裔。我是，你是，你也是，还有……"经过稍微的踌躇之后，他朝黛西轻轻地点了点头，把她也包括到了其中，此时的黛西又向我眨起眼睛，"……是我们创造了迄今构成文明的一切事物——哦，譬如说科学、艺术，等等。不是这样吗？"

在他这种专注的神情里有一种悲天悯人的东西，好像他那比从前越发严重的刚愎自用的品性不能再令他满足了。就在这个时候，屋里的电话铃响了，管家离开了门廊，黛西抓住了这个短暂的机会向我俯过身子。

"我给你讲一个我们家的秘密，"她很有兴致地小声说，"是关于我们管家的鼻子，你愿意听一听这个故事吗？"

"哦，这正是我今晚来这儿的目的。"

"哎，他从前可不是一个管家的；他曾是个专门擦拭银器的匠人，在纽约给一家可容纳两百人的银器店擦洗银器。他每天得从早晨干到晚上，直到后来这工作开始影响到他的鼻子……"

"事情变得越来越糟。"贝克小姐提示说。

"对，事情变得越来越糟糕，最后他不得不放弃这个工作。"

此时，最后一抹太阳的余晖满带着诗情和爱恋照在黛西娇艳的面庞上；她那动人的声音吸引我倾着身子屏息聆听——接着余晖消逝了，条条光束不无遗憾地离开了她，那依依不舍就像是顽童在黄昏时不忍丢下热闹的街市而离去一样。

管家又走了回来，在汤姆的耳边低声说了些什么，汤姆听后蹙起了眉头，推过椅子，没说一句话就进屋去了。汤姆的离开似乎更促动了黛西内心的什么情绪，她又一次向我俯过身来，声音像唱歌一样悦耳。

"我喜欢在我的饭桌旁看到你，尼克。你让我想起了……一朵玫瑰，呵，绝对是一朵玫瑰。难道不是吗？"她转过身去要贝克小姐给予肯定，"不像是一朵玫瑰吗？"

她说的一点儿也不是事实。我没有一丁点儿像玫瑰的地方。她只是兴致所至，随口说出而已，可是在她身上却有一股激情的暖流在涌出，仿佛她的那颗心就隐藏在她那些急速的、撩人心意的话语中间，通过它们她的心灵极力要向你和盘托出。随后，她突然把餐巾扔在桌子上，道了声歉走进屋里去了。

贝克和我不知所措地交换了一下眼色。我正要开口说话，她忽然迅速地站了起来，"嘘"了一声警告我不要吭声。那边的屋子里传出压低了的激语声，贝克小姐大胆地探着身子，想听到些什么。这低语声波动在似能听清又听不清之间，忽儿低了下去，忽儿一下子又高了起来，最后终于完全停止了。

"你刚才提到的那个盖茨比先生是我的邻居……"我说。

"不要说话，我想听听到底出了什么事。"

"出什么事了吗？"我不解地问。

"听你这口气，你好像什么也不知道？"贝克小姐真的吃惊了，"我以为这事人人都知道的。"

"我不知道。"

"哦……"她迟疑了一下说，"汤姆在纽约有个女人。"

"有个女人？"我茫然地重复道。

贝克小姐点了点头。

"她不该在吃饭的这个时候给汤姆来电话。她应该有这点体面，你说不是吗？"

在我几乎还没有来得及弄清楚她这话的意思的时候，便听到了衣服的窸窣声和皮靴的咯咯声，汤姆和黛西双双回到了饭桌前。

"外面真是美极了！"黛西非常高兴地大声说。

她落了座，先是用探究的目光扫过贝克小姐然后看着我，继续说道：

"我刚到外面瞧了瞧，外面景色浪漫极了。草坪中落着一只鸟，我想它一定是从康拉德或白星轮船公司的班轮上飞来的一只夜莺。它啼唱着飞走了……"她的声音也像歌声般地响着，"这很浪漫，不是吗，汤姆？"

"浪漫极了，"汤姆附和着，末了一脸苦相地转向我说，"如果吃完晚饭天色还早的话，我想带你去看看我的马厩。"

屋里的电话铃又猛地响了起来，当黛西朝着汤姆狠狠地摇着她的脑袋的时候，关于马厩的话题——实际上有关一切的话题都被抛到了九霄云外。在饭桌旁度过的那最后五分钟，我依稀记得蜡烛又被点了起来，虽然并没有这个必要。我当时真想好好地看看在场的每一个人，可又想避开所有的眼睛。我猜不出黛西和汤姆当时在想什么，不过我怀疑，即便是贝克小姐这个对什么都持怀疑态度的人，就能够完全把这第五个客人尖锐急促的刺耳铃声置在脑后。对于一个天生好奇的人来说，这种情势也许会显得错综有趣——但是，我本能想到的就是立即打电话，把警察找来。

看马的事，毋庸赘言，再也没有人敢提起。汤姆和贝克小姐沐着傍晚的暮霭，一前一后地走进了书房里，好像是要给一个什么有形的东西去守夜似的，在这当儿，我极力表现出一副既没有被扫兴的怡然神情，又装得对什么也不知道似的，跟在黛西后面绕过一串彼此相连的长廊，来到了平台上。在暗下来的暮色中，我们并排坐在了柳条编织成的长椅上。

黛西用双手捧着她的脸，仿佛是在体味她那可爱面颊的轮廓和线条，她的眼睛慢慢地望到外面柔和的暮色中去。我看得出在她的内心翻腾着激烈的感情，于是我开始问她些有关她女儿的事情，好让她的情绪能够平静下来。

"我们之间并不很了解，尼克，"她突然开口说，"尽管我们是表兄妹。你没有来参加我的婚礼。"

"那时我还在战场上。"

"你说得没错。"她迟疑了一会儿以后说，"哎，尼克，我熬过了许多可怕的日子，现在我对什么都抱着一种玩世不恭的态度。"

很显然她这样做有她的理由。我等着她往下讲，可她却没有再说什么。沉默了一会儿后，我再次将话题转到她女儿身上，可我对此却又说不出什么。

"我想你的女儿已经会说话——自己会吃东西，而且会做好多事情了吧。"

"嗯，是的。"她若有所思地望着我，"听着，尼克，现在就让我来告

诉你在她出生时，我曾说过怎样的一番话。你愿意听听吗？"

"非常愿意。"

"从这里你会看出，我后来变得是如何看待事物的了。唉，在女儿生下来还没有一个钟头，汤姆就已经不知道跑到什么地方去了。我从麻醉药中醒过来时有一种被彻底遗弃了的感觉，我很快问护士生的是男孩还是女孩。当她告诉我是个女孩时，我把头扭过去哭了起来。'好吧。'我说，我高兴她是个女孩。我希望她将来是个傻瓜——在这个世界上这是一个女孩子最好的选择，做一个美丽的小傻瓜。"

"你知道，不管怎么说，我认为一切都非常地可怕，"她确信不疑地说下去，"每一个人都是这样认为的——那些最有教养的人。我深知这一点，因为我去过世界各地，见过和经历过太多的事情。"她的眼睛以一种倨傲的目光扫视着周围，很像是汤姆的那种眼神，末了她不无嘲讽地尖声笑了起来。"世故——啊，上帝，我已经是个深谙人情世故的人了！"

当她的话音一落，她那使我对她神往和信赖的魅力就随即消失了，很快我便感觉到她所说的话从根本上不可信。这使我变得不自在起来，好像这整个傍晚的时间她都在搞着一个什么诡计，以骗取我对她的仰慕和好感。我等待着，果然不出所料，过了一会儿，她注视着我，美丽的面庞上浮现出一抹做作的笑容，仿佛在正式声明她已加入了一个她与汤姆同属于其中的著名秘密社团。

那间深红色的书房里灯光明亮。汤姆和贝克小姐坐在沙发的两端，贝克小姐在向他读着《周末晚报》——她读的声音不高，语句间没有变调，词语就好像从她那平滑的语调中一下子涌了出来。灯光照在汤姆那亮闪闪的靴子和贝克小姐暗淡得像秋天黄叶一

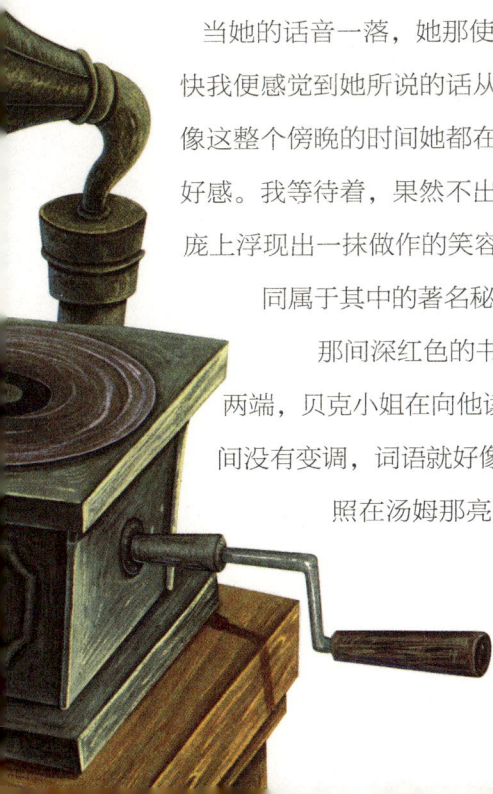

样的头发上，也光闪闪地照在她手中的报纸上。她每翻动一页报纸，手臂上细嫩的肌肉便颤动一下。

在我和黛西进来的时候，她抬起一只手示意我们暂时不要说话。

"未完待续，"贝克说着将报纸丢在了桌子上，"下次读本刊下期。"

她将双膝活动了活动，然后站了起来。

"十点钟了，"她说，显然她是看到了墙上的钟表，"这正是本姑娘该去睡觉的时间。"

"乔丹明天要去韦斯切斯特参加锦标赛。"黛西解释说。

"噢，你就是那个乔丹·贝克。"

我现在明白为什么她的面庞在我看来那么熟悉了——这张脸曾带着它那惹人喜爱的骄傲神情从许多个报纸副刊上注视过我，这些副刊上登过她在阿希维尔、温泉、棕榈海滩①等地的许多体育生活照片。我还曾听说过一段有关她的轶事，一个带有批评意味而又令人不愉快的故事，但是我早已忘记它说的是什么了。

"晚安，"她声音柔和地说，"在早晨八点钟叫醒我，好吗？"

"只要你那时能起得来。"

"我行的。晚安，卡拉威先生，以后见。"

"当然，你会再见到他的，"黛西加以肯定地说，"说实在的，我想我将要促成一对男女的姻缘。尼克，常过来走走，我要把你们两个人凑合到一块儿。你们听着——也许一不小心，我就会把你们俩锁在放衣服的壁橱里，或者用一个小船把你们两人推到海里去，或者和这类似的什么法子……"

---

①这些地方都是美国著名的旅游胜地，也是贝克小姐常去赛球的地方。

"晚安，"贝克小姐在楼梯上喊，"我可什么也没有听见。"

"她是个好女孩，"汤姆过了一会儿说，"他们不该这样放她出来到处乱跑。"

"是谁不该？"黛西冷冷地问。

"她的家人。"

"她的家里只有一个年迈的姨姨了。不过，尼克会照顾她的，不是吗，尼克？今年夏天，她将要在这儿度过许多个周末。我想我们的家庭气氛将能给她以好的影响。"

黛西和汤姆此时默默地对视了片刻。

"她是纽约人吗？"我很快地问。

"是路易斯维尔①人，我们两个一起在那儿度过了我们纯洁的少女时代，我们美妙纯洁的……"

"你刚才在长廊里是不是和尼克说了什么知心话儿？"汤姆突然急切地问道。

"我说了吗？"她眼睛注视着我，"我似乎记不起来了，不过我想我们是谈了关于北欧的日耳曼族。哦，是的，我想起来了，我们的确谈的是日耳曼族。这一问题不知怎么就到了我们的嘴边，而且第一件事你知道就是……"

"她说的什么话你都不要相信，尼克。"汤姆劝告我说。

我不置可否地回答说我什么也没有听到，几分钟以后我便起身回家。他们把我送到门口，肩并肩地站在一束宜人的灯光里。在我发动了车子时，黛西命令似的喊道："等一下！"

---

①美国南部肯塔基州的城市。

"我忘了问你件事，这件事很重要。我们听说你在西部那边和一个姑娘订了婚。"

"对了，"汤姆也友好地附和着说，"听说你已经订婚了。"

"那是谣言。谁会要我这个穷汉子。"

"但是我们听说了这件事，"黛西坚持道，我很惊讶她现在又像朵鲜花似的迷人地绽开了，"有三个人向我们提起过这件事，所以它一定是真的啦。"

当然我知道他们所指的是什么，可是说我订婚这却是连影儿也没有的事。这一满城风雨地传开的谣言正是我要来到东部的一个原因。你不能因为被传布了谣言就和你的一个老朋友断绝往来，而且从另一方面来说，我也不打算因为他们的造谣就结下这门亲事。

他们的关心叫我颇受感动，也使他们显得不是那么富贵得遥遥不可及了——不过，在我开车回去的路上，我的脑子还是有些迷乱，同时也有一种厌恶感。在我看来，黛西现在就应该抱上孩子毅然决然地出走——可是很显然在黛西的头脑里根本没有这样的念头。就汤姆来说，他"在纽约有个女人"的这一事实，远不如他被几本书而搞得很沮丧更令我感到惊奇。什么东西正在使得他去啃咬那些陈腐观念的边边角角，他强壮体魄内的自我主义仿佛已不再能够滋养他专横跋扈的心灵了。

路边的房屋屋顶上和汽车修理行的门前已经显出一派盛夏的景象，一台台红色的新汽油泵在斑驳的灯光下沿街而立。我回到西卵镇的住所后就把车开进了车棚下面，在院子里一台废旧了的碾草机旁坐了下来。这时，风已经不再刮了，夜空显得很明净而大地上却是万籁齐鸣，连树林里也不断有鸟儿拍动翅翼的声音——宛如大地上的风箱一齐拉响，把青蛙都弄得鼓噪起来。月光下有一只猫的影子在摇摇晃晃地走过，我转过头去看，才知道在这里的并不只我一个人——五十码开外有一个身影从我邻居住宅的阴影中走出来，然后将两手插在衣袋里，伫立着凝望这银光闪闪的星空。他悠闲的举止和双脚站立在草坪上的坦然姿势，表明他就是盖茨比先生，他走出来也许是想测定一下，在我们这片天空中他的那一份在哪里。

我决定喊他一下。贝克小姐在晚饭时不是提到过他吗？这正好可作为乍一见面的话题。可是我没有喊出来，因为他突然之间表现出一种暗示：他愿意一个人这样待着——他奇怪地朝着黑漆漆的海水那边伸开着他的双臂，尽管我不是在近前，可是我敢发誓他正在颤抖。我不由也向海那边望去——什么也看不到，除了一盏孤零零的绿色灯火，那么微小，那么遥远，也许在一个码头的最最边缘处。当我再一次看盖茨比的时候，他已经消失了，在这不宁静的夜色中又留下了我独自一人。

chapter 02

·第二章·

大约是在从西卵镇到纽约市的半途中，有一条汽车道突然向铁路这边延伸过来，然后紧挨着铁路向前走了四分之一英里，它这样子改道是为了避开一处荒凉的灰沙地带。这便是死灰谷——颇似一个离奇古怪的农场，在那里灰沙堆积成麦垄状、小山丘和怪里怪气的花园；在那里灰沙形成了房屋、烟囱和冉冉升起的炊烟状，最后经过鬼斧神工乃至形成了模模糊糊地行走着的人群，这些人群一瞬间又在满是灰尘的空气中被刮散了。偶尔，有一列灰色的火车沿着无形的轨道爬行着，发出嘎嘎的怪叫声停了下来，即刻便有成群的灰土人[1]拿着铁锨拥了上来，搅起遮天蔽日的飞尘，因此，他们那默默的劳作也就在你的视线之外了。

不过，一会儿以后你便可以发现，在灰沙地带和其灰蒙蒙的萧瑟飞尘之上有一双T. J. 埃克尔堡大夫的眼睛。这位T. J. 埃克尔堡大夫的眼睛是蓝颜色的，而且硕大无比——其瞳人有一码高。这双眼睛的后面没有脸，只是它

---

①指飞尘宛如人的形状。

前面挎着一副巨大的黄色眼镜，这眼镜的下面当然也没有鼻梁。显然，这是哪一个招摇过市的眼科医生将这个广告牌立在这儿，想在皇后区①招徕生意，结果自己倒先永远地闭上了眼睛；或是他忘记了这双眼睛，搬到别的地方去了。然而，他立起的这双眼睛，尽管久经日晒雨淋，油漆斑驳，显得有些模糊了，却依然沉思地俯瞰着这片肃穆的荒凉之地。

这个死灰谷的一边以一条污臭的小河为界，当架在河上的吊桥拉起让下面的驳轮通过时，等在这里的列车上的乘客便可足足看上这一凄荒的景象达半小时之久。就是平时火车到达这里，至少也要停上一分钟，正是这个缘故，使我第一次见到了汤姆·布坎恩的情人。

他让他有一个情妇的这一事实在他的熟人和朋友中间到处传开。认识他的人都抱怨说，他带着她常出于人多的饭店，把她一人留在饭桌旁，他却四下招摇游逛，与在那儿认识的每一个人聊天打招呼。尽管我觉得好奇，想瞧瞧这个女人，可我没有要与她相识的欲望——然而，这后一点我却做到了。一天下午我乘坐火车和汤姆一起到纽约去，当火车在死灰谷停下的时候，汤姆一下子从座位上跳了起来，拽着我的胳膊肘，一气将我拉下了火车。

"我们在这儿下车，"他固执地说，"我想让你认识一下我的情人。"

我现在回想起来，觉得是那天中午他酒喝得太多，他要让我陪伴他的决心几近于狂暴。而当时他的武断理由则是：反正是星期天的下午，我也无事可做。

我跟着他越过一条低矮的刷着白灰的栅栏，又顺着公路往回踅了一百码左右，这中间我觉得埃克尔堡大夫的眼睛一直在盯着我们。随后便有一座不大的黄色砖墙建筑进入眼帘，它坐落在荒原的边缘处，一条不太宽的国道经过这

---

①纽约的一个区，多为黑人居住。

里，对其十分便利，可它周围却再也没有其他的房舍了。这一砖墙建筑由三个店组成：一家是出租房屋的；一家是个昼夜服务的饭店，它的门前有一条灰沙踏成的小道；再一个是汽车修理行——"乔治·B.威尔逊修理行兼营汽车买卖业务"——我跟着汤姆走进这家车行。

房子里面显得很不景气，空荡荡的；看见的只有一辆覆满灰尘的福特牌轿车，停在灰暗的角落里。我脑子里暮然奇怪地想到：这下面的修理行一定只是个掩人耳目的东西，而奢华温馨的美室就藏在上面。这时候店主人自己从一间办公室的屋子里走出来，边走边用一张废纸擦拭着手上的污垢。他是个金色头发的人，没有生气，脸色苍白，好像患有贫血症，不过长得并不算难看。一看见我们，他那浅蓝色的阴郁眼睛里一下子闪现出一抹希望的光亮。

"嗨，威尔逊，老伙计，"汤姆打着招呼，高兴地拍拍他的肩膀，"近来生意好吗？"

"还好，"可威尔逊回答时用的口气却并不能令人信服，"你打算什么时候把那辆车卖给我？"

"下个星期，眼下我正在叫我的人修理。"

"修理得很慢，不是吗？"

"不，不慢，"汤姆冷冷地回答，"如果你这样想，或许我倒不如把它卖到别的地方去好。"

"我并不是那个意思，"威尔逊赶忙解释着，"我只是想说……"

他的声音止住了，汤姆的眼睛正在急切地扫视着修理行周围。接着，我听见楼梯上有脚步声，稍后就有一个粗壮女人的身影挡住了办公室门口的一大片光。这个女人三十多岁，略显肥胖，不过像有的女人那样，她那过于丰满的身体倒显出很强的性感。她穿着一件沾着油渍的深蓝色薄纱连衣裙，脸上没有那种仪态万方的美丽，不过从她的身上却可以感觉到一股生命的活力，仿佛她周身的神经都在闷闷地燃烧。她微微地笑着，走过她那像个鬼魂似的丈夫身边，握住汤姆的手，热切地望着汤姆的眼睛。然后她舔了舔她的嘴唇，背对着她的丈夫，用一种柔和而又粗鄙的声音说：

"你怎么在这儿干站着？快拿几把椅子来，好让客人坐下。"

"哦，是的。"威尔逊急忙应着，向那个小办公间走去，随即便融在了四壁的水泥色中。一层灰白色的尘土罩在他的黑衣服和他金色的头发上，罩着邻近的一切物体——唯有他的妻子除外，此时她已经贴到了汤姆身边。

"我想见你，"汤姆热烈地说，"一起赶乘下一趟火车吧。"

"好吧！"

"我在车站底层的报亭旁等你。"

她点了点头，刚转身离开汤姆，乔治·威尔逊就搬着两把椅子从办公室走出来。

我们在公路上一处不易被望见的地方等她。再过几天就是七月四日①了，

---

①七月四日是美国的独立日，国庆节。

一群瘦弱的、灰不溜秋的意大利小孩正在铁道旁点放一排鱼雷炮。

"一个糟糕的地方,不是吗?"汤姆说着,向"埃克尔堡大夫"蹙了蹙眉头。

"很糟糕。"

"所以这样出来走走对她是有好处的。"

"她的丈夫不反对?"

"威尔逊?他以为她去纽约是看她的妹妹。他是这样一个无用的人,他怕连他是否活着都不知道啦。"

这样,汤姆·布坎恩、他的情人和我就一起向纽约进发了——或者,确切地说不是完全在一起,因为出于慎重,威尔逊夫人坐到了另一节车厢里。汤姆担心车上的东卵人会产生怀疑。

她已经换了一件带有花纹的棕色薄纱连衣裙,在汤姆扶她下到纽约站平台上的当儿,那条裙子就紧紧地绷在她那肥大的臀部上。她在报亭买了一份《都市闲情》和一本电影杂志,到了车站药店时买了一瓶冷霜膏和一小瓶香水。来到上面后,在嘈杂的车道上她一连放过四辆出租车才最后要了一辆座位上罩着灰色布套的淡紫色轿车,乘上这辆车我们离开了熙熙攘攘的车站,驶入阳光明媚的市区。可是不一会儿她突然将身子离开窗口,朝前探着,敲起前面的玻璃。

"我想买一只那样的狗,"她满脸诚恳地说,"我想把它带到咱们那边的公寓里。你看它们多可爱。"

我们将车子倒回到一位头发花白的老人那里,这老头与美国的石油大王约翰·洛克菲勒有一种奇怪的相似之处。在他脖子上吊着的箩筐里,有十多只难以辨认品种的刚刚出窝不久的小狗崽蜷缩着身子。

"喂,它们都是些什么种的?"当这位老人来到小轿车的窗口时,威尔逊夫人急切地问道。

"什么品种的都有。想要什么种的，夫人？"

"我想要一只小警犬；我想你不会有那种狗，对吗？"

那老头略微迟疑地瞧了瞧筐子里面，猛地伸进手去，拎着后颈提出一只活蹦乱跳的小狗。

"这不是警犬。"汤姆说。

"不是，确切地说它不是，"老人的声音里带着失望，"它是一种硬毛猎狗。"他用搭在肩头的棕色毛巾擦了擦手，"请看看这皮毛，多好的皮毛。这样的狗你根本无须担心它会着凉。"

"我觉得它很可爱，"威尔逊夫人颇有兴致地说，"你要多少钱？"

"这只狗？"老人不无骄傲地望着它，"给上十元钱吧。"

这条硬毛猎狗——毫无疑问在它身上有某些硬毛猎狗的特征，尽管它的四蹄白得出奇——于是改换了主人，到了威尔逊夫人的膝头上，她很高兴，不住地摩挲着它那不怕寒冷雨雪的皮毛。

"它是男孩还是女孩？"她机巧地问。

"这狗吗？它是个男孩。"

"这是条母狗，"汤姆断然肯定地说，"给你钱，你可以用它再去买上十条这样的狗。"

我们驶到了纽约的第五大道上，在这夏季的星期日下午，天气显得格外暖和宜人，简直带点田园的浪漫气息了。在这个时候，即便看到白色的羊群从街角拐出来，我也不会感到惊奇。

"停一下，"我说，"我得在这儿下车。"

"不，不行，"汤姆急忙阻拦说，"如果你不去那间房看看，茉特尔会生气的。不是吗？茉特尔？"

"一起去吧，"她敦促说，"我将给我妹妹凯瑟琳打电话叫她来。认识她的人都说她长得非常漂亮。"

"哦，我很想去，可是……"

我们继续前行，径直从公园里穿过然后向西城的街道奔去。到了一百五十八条大街时，车停在了一组楼群前，这楼群颇像一个长长的白色蛋糕。威尔逊夫人用皇室成员大驾归朝那样的目光环视了一下四周，然后抱起她的小狗和其他路上买来的东西，趾高气扬地向这其中的一栋楼走去。

"我把麦克基夫妇叫上楼来，"她在上升着的电梯里宣布道，"当然，我也会给我妹妹打电话的。"

他们的房间在最顶层——包括一间不大的起居室、一个小小的餐厅和一个卧室，还有一个洗澡间。起居室里被一套装饰着挂毯的、与这一房间极不相称的家具挤得满满的，人们在房里走动时常常与凡尔赛公园里打着秋千的小姐们①迎面相撞。房间里只有一张照片，放得特别大，乍一看好像是只母鸡卧在一块模糊不清的岩石上。不过，站远点仔细一瞧，那只母鸡便成了一顶无边圆帽，帽子下面是一张胖老太婆的脸含笑俯视着屋子。几本旧的《都市闲情》杂志，连同一本《名字叫彼得的西门》②和一些百老汇的趣味低俗的小刊物，一起堆放在桌子上。威尔逊夫人首先关心的是她的狗。一个开电梯的男孩不情愿地去拿来一个装着稻草和一些牛奶的箱子，另外他还自己主动地想到买来一筒给狗食用的大饼干——可牛奶碟子里的饼干泡了整整一个下午也无人问津。这时汤姆从上锁的柜子里拿出一瓶威士忌酒。

①指装饰在家具上的挂毯上的图案。
②当时流行的一部通俗小说。

　　在我一生中我只醉过两次，第二次喝醉酒就是那天下午；所以后来发生的一切都像是罩在一层模糊的、迷雾似的色泽中，尽管那天下午直到八点钟的时候，房间里仍然有怡人的阳光照耀着。威尔逊夫人风情地坐在汤姆的腿上，给好几个人打了电话；后来，家里没有烟卷，我便下来到路口的一家商店去买。在我回来时他们俩已经不在起居间了，我小心翼翼地坐了下来，读起《名字叫彼得的西门》中的一个章节——不知是因为这书的格调太低俗，还是因为威士忌迷糊了我的头脑，它的内容我一点儿也没有读进去。

　　当汤姆和茉特尔（在相互干了一杯酒后，威尔逊夫人和我之间便用名儿相称了）刚巧又出现了的时候，客人们正好踏进了门槛。

　　威尔逊夫人的妹妹凯瑟琳是一个三十岁左右的苗条、世故的姑娘，红红的带些油腻的头发在脑后盘成一个硕大的髻，面容用脂粉涂成了乳白色。她的眉毛被拔过，用眉笔描上了入时的柳叶眉，只是天不作美，在原处又长出的眉毛使她的脸变得不是那么明晰了。她走动的时候，她胳膊上带着的许多陶瓷手镯便来回碰撞着发出叮叮当当的响声。她急匆匆走进来时的那种主人似的姿态，和看着屋里东西家具时的那种占有者的目光，使我想到她是否就住在这儿。不过，当我这样问她时，她纵情大笑起，一边大声重复着我的问话，完了她才告诉我她和一个女朋友住在旅店里。

　　麦克基先生是一位脸色苍白、带着女人气的男人，就住在楼下。能看出他刚刚刮过了脸，颧骨上还留下一处白色的肥皂沫没擦干净，他彬彬有礼地同房间里的每一个人打招呼。他告诉我说他是一个"搞艺术"的人，我后来才揣摩出他是个摄影师，挂在墙上的威尔逊夫人母亲的那张模糊不清的大照片就是他给放大的。他的妻子说话细声细气，样子显得无精打采，模样并不难看，可却惹人讨厌。她不无骄傲地跟我说，从结婚到现在她的丈夫已经给她拍过一百二十七次照了。

威尔逊夫人不知什么时候又换了衣服，现在穿着的是一件乳白色的薄纱连衣裙，当她来回走动时它便发出窸窸窣窣的声响。由于这连衣裙的关系，她的个性也似乎发生了变化。她在车行里旺盛的生命力，在这儿成了一种引人注目的高傲自大。她的举止言谈，随着时间一分一秒地过去，变得越发明显地矫揉造作。她这般自我膨胀的当儿，她周围的空间变得越来越小，直到她好像绕着一根咯咯作响的支轴在烟雾弥漫的空气中旋转起来。

"我亲爱的，"她对她的妹妹高声地、装腔作势地喊道，"现在的人骗子居多，他们不会放过任何一次对你行骗的机会。他们脑壳都是钱。上个星期，我叫一个女人到这儿来给我修脚，当她末了递给我账单时，那开销真让你觉得她给我做的是阑尾炎手术呢。"

"那女人的名字叫什么？"麦克基夫人问。

"埃伯哈特太太。她串户上门给人修脚。"

"我很喜欢你这件裙子，"麦克基夫人又说，"我觉得它帅极了。"对这赞扬，威尔逊夫人却不屑一顾地将眉毛一挑。

"这只是一件旧裙子，"她说，"当我对自己的打扮一点儿也不在意的时候，我才偶尔随便穿穿。"

"可是，穿在你身上它显得很美，你明白我这话的意思吗？"麦克基夫人继续说着，"如果切斯特能把你现在的风姿拍下来，我想他就能得一幅杰作。"

我们都默默地看着威尔逊夫人，她将一绺落在她眼前的头发撩了起来，用娇媚的笑容回望着我们。麦克基先生斜歪着脑袋专注地看着她，然后用一只手在他脸前来回地晃动。

"我要变换一下光的角度，"过了一会儿后他说，"我想照出她容貌的浮雕像。我要想法把她后面的秀发都拍上。"

"我觉得用不着变换角度，"麦克基夫人大声说，"我觉得这样就……"

她的丈夫轻轻地"嘘"了一声，接着我们便又都注视着我们的对象，这个时候汤姆大声地打了个呵欠，站了起来。

"麦克基夫妇你们也该喝点儿什么啦，"他说，"再多拿些冰块和矿泉水来，茉特尔，不然的话大家都要睡着了。"

"我早就告诉那个小伙计弄些冰块来的。"茉特尔又把她的眉毛往上抬了抬，表示对仆役们的懒惰感到沮丧，"这些人！你必须得时刻看管着他们才行。"

她朝我看着，无端地笑了笑。末了，忽然一下子奔到小狗身旁，痴情地吻着它，然后跑进厨房里，仿佛那儿有十多个高级厨师在等候着她的指令似的。

"我在长岛那儿拍过几张很好的照片。"麦克基先生夸耀着说。

汤姆心不在焉地望着他。

"有两张我们已镶了框子挂在楼下。"

"两个什么？"汤姆追问。

"两幅习作。一幅我取名为蒙涛角——海鸥，另一幅为蒙涛角——大海。"

凯瑟琳挨着我坐到了沙发上。

"你也住在长岛吗？"她问。

"我住在西卵。"

"这是真的？大约一个月以前我曾去那儿参加过一个晚会。在一个名字叫盖茨比先生的府上。你认识他吗？"

"我就住在他的隔壁。"

"哦，人们说他是德国威廉皇帝的侄儿或是他的其他什么亲戚，他的钱都是从那里来的。"

"是真的吗？"

她点了点头。

"我很怕他。我不愿意沾他任何东西的光。"

这场关于我的邻居的有趣谈话，被麦克基夫人突然用手指着凯瑟琳所说的话打断了：

"切斯特，我认为你拍她就可以搞出一些杰作来。"

可是麦克基先生只是不耐烦地点了点头，随后又把他的注意力转向汤姆。

"我很想在长岛好好搞些作品，如果我能够得到进入私宅的允许的话。我所要求的只是他们在我开始的时候帮我一下。"

"你请茉特尔帮忙吧，"汤姆见威尔逊夫人端着一个托盘走进来便打趣地说，一边禁不住地大笑了一声，"她将给你写一封引见信，不是吗，茉特尔？"

"是什么事呀？"她不由吃了一惊，问道。

"你给麦克基写一封见你丈夫的推荐信，这样他就可以用你丈夫搞出些创作了。"在汤姆想着什么花样的当儿，他的嘴唇无声地翕动了几下，"譬如说作品《乔治·布·威尔逊在加油泵》，或者什么类似的玩意儿。"

凯瑟琳俯过身来在我耳边悄悄地说：

"他们两人谁也忍受不了他们家里的那口子。"

"真是这样吗？"

"他们简直无法忍受。"她先是看着茉特尔，然后又看看汤姆，"叫我说，既然他们对其家人不能忍受，又何必继续和他们一起生活呢？如果我是他们，我就离婚，然后我们两人马上结婚。"

"你姐姐也不喜欢威尔逊吗？"

对这问话的回答出乎人的意料。回答出自听到了我们谈话的茉特尔本人，她说得既粗鲁又难听。

"你瞧见了吧，"凯瑟琳得意地叫道，随后她又压低了嗓音，"使他们两人不能结合的真正原因是汤姆的妻子，她是个天主教徒，天主教徒是反对离婚的。"

黛西并不信天主教，对这精心编织的谎言我不免感到有些吃惊。

"等他们两人真要结婚以后，"凯瑟琳接着说，"他们打算去西部住上些日子，直到风波平息下来。"

"到欧洲去似乎更慎重一些。"

"哦，你喜欢欧洲。"凯瑟琳忘情地大喊道，"我刚好从蒙特卡罗①来不久。那是在去年。我和另外一个女孩子一块儿去的那里。"

"待的时间长吗？"

"不长，我们只是到了蒙特卡罗，完了就回来了。去时我们是从马赛港上岸的。动身时我们带了一千二百多美元，但是到了那儿后住到当地人家里两天的工夫，就叫人家把钱全骗光了。一路回来时搞得真狼狈。上帝，我真恨透了那座城市。"

傍晚的天空有一会儿映在玻璃窗上，那颜色就像是地中海一带的蓝色蜜

---

①摩洛哥城市，世界著名赌城。

蜂——接着，麦克基夫人的尖嗓门又把我的注意力吸引回屋子里。

"我差一点也犯了个错误，"她振振有词地说道，"我差一点嫁给了一个追求我多年的犹太佬。我心里明白他不如我。大家都在我耳旁说：'露西尔，那人可配不上你！'可是，要遇见切斯特，他肯定早把我弄到手了。"

"说得不错，可你们听着，"茉特尔·威尔逊说，并不住地上下点着头，"至少露西尔并没有嫁给他。"

"我知道我没有。"

"唉，可我嫁给了他，"茉特尔含糊地说，"这就是你和我的情形的不同了。"

"为什么你要嫁给他，茉特尔？"凯瑟琳追问说，"并没有人强迫你这样做。"

茉特尔思忖着。

"我之所以嫁给了他，是因为我原以为他是个有身份的人，"她最后说，"我原以为他有教养，懂礼仪，可是结果呢，他连给我提鞋子都不够格。"

"有一段时间，你是发疯似的爱他的。"凯瑟琳说。

"发疯地爱他！"茉特尔不服气地说，"有谁曾说过我发疯地爱他？说我疯狂地爱他还不如说我曾疯狂地爱过这里的这位男人呢。"

她忽然用手指向了我，屋里的人都用责备的眼光看着我。我极力想用我的神情来表明我从未跟她有过任何瓜葛。

"唯使我发疯的一回，就是我嫁给了他的时候。我马上意识到我铸成了大错。他从别人那儿借了一套好衣服来跟我结婚，甚至从来也没有跟我提到过这件事。有一天他不在家的时候，那人跑来要衣服了。"她四下打量了一下，看看有没有人在听，"'噢，那是你的衣服？'我说，'这我可是第一次听说。'不过我还是将衣服给了他。末了，我躺在床上整整地号啕恸哭了一个下午。"

"她真应该离开她的丈夫，"凯瑟琳又转过头来跟我说，"他们在那个修理行已经住了十一个年头。汤姆是她的第一个心上人。"

瓶子里的威士忌酒——已经是第二瓶了——在场的每个人都还在要着喝，除了凯瑟琳，她"觉得不喝酒就蛮好的"。汤姆按铃叫来了公寓的管理员，让他去买些上好的三明治，它们本身便是一顿丰盛的晚餐。我想到外面去，在柔和的暮霭中朝东向着公园那边走走，可当我想要站起来走的时候，每每又被卷进那狂乱喧闹的争论中间，就好像有根绳子总是把我拽回到我的椅子上。这时，天色已经暗了下来，我们这排高高地俯瞰着城市的灯光通明的窗户，一定让在街头偶尔抬头眺望的人感到了，人类的秘密也有其一份在这里吧？我也是这样的一个过路人，举头望着诧异着。我既在事内又在事外，既被永不枯竭的五彩纷呈的生活所吸引，同时又被其排斥着。

茉特尔把她的椅子向我这边拉了拉，在她突然向我讲起她第一次遇见汤姆的情形时，我能感觉到她呼出的热气。

"那是在火车上的两个面对面的小座位上，你也知道只要还有别的座位，这种座位总是空着没人坐的。我是要去纽约看我妹妹并在那里住一宿。他当时穿着一身礼服和一双漆皮皮鞋，我的眼睛怎么也离不开他的身上，他每次抬眼看我的时候，我都装着注视在他头上方贴着的那张广告。火车进站的时候他挨到了我身边，他穿着白衬衣的胸口贴在了我的胳膊上，于是我告诉他我要喊警察了，但是他知道我在说谎。我激动兴奋极了，当我和他一起坐进一辆出租车里时，我还以为是上了地铁呢。当时在我脑子里翻来覆去的只有一个念头，那就是'你不可能永远活着。你不可能永远活着。'"

她把脸转向麦克基夫人这边，整个屋子里又响起她那做作的笑声。

"亲爱的，"她大声说，"我穿过这次以后就把这连衣裙给你。明天我再买它一件。我准备开个单子，把我要买的东西都写下来。一个按摩器，一架吹风机，一只拴小狗的项圈，一个精巧的带弹簧装置的小烟灰缸，还有一个带黑纱的花圈，要买那种能在我母亲坟头摆上整整一个夏天的花圈。我得写在一个单子上，免得忘记了什么。"

已是晚上九点钟——一眨眼的工夫当我再去看表的时候，发觉已是十点钟了。麦克基先生在椅子上打着瞌睡，他紧握着的拳头支在膝盖上，宛如一个即将要发力的人的形象。掏出我的手绢，我擦去了留在他面颊上的早已干了的肥皂沫，整整一个下午这件事都在我脑子里，不能忘记。

小狗卧在桌子上，透过这烟雾，眼睛正蒙眬地望着什么，而且不时地发出轻微的呻吟声。人们时隐时现，计划要去什么地方结果彼此失散，又相互寻找结果发现彼此就在几步之遥的地方。汤姆·布坎恩和威尔逊夫人面对面地站着，两人在为威尔逊夫人是否有权提起黛西的名字而激烈地争论着。

"黛西！黛西！黛西！"威尔逊夫人高声喊着，"我多会儿想叫她的名字我就叫！黛西！黛……"

汤姆·布坎恩向前跨了一个箭步，一巴掌打得她的鼻子流出了血。

接着，便是洗澡间的地板上到处扔着血糊糊的毛巾，女人们的责骂声，还有压过这片混乱的时起时伏的痛苦的号哭声。麦克基先生从打盹儿中醒过来，迷迷糊糊地朝着门口走去。走几步的时候，他又转过身来，呆视着这场景——他的妻子和凯瑟琳在这拥挤的家具中间跟跟跄跄地拿着急救的东西，奔西奔东，嘴里一边在骂一边又在安慰，沙发上是那个要命的人儿，鲜血还在不住地往下流。她生怕弄脏了挂毯，正试着把一本《都市闲情》杂志盖在凡尔赛的景致上。末了，麦克基先生转过身又向门口走去。从灯架上拿下我的帽子，我也跟着走了出来。

"改天我们一起去吃午饭。"在我们哼哼唧唧地乘上电梯要下楼时,汤姆在楼廊里说。

"到哪儿去吃?"

"哪儿都行。"

"请不要把手放在操作杆上。"开电梯的男孩子喊道。

"对不起,"麦克基先生不无傲气地说,"我并不知道我的手碰到了它。"

"好吧,"我对汤姆说,"我很乐意去。"

……我站在他的床边,他只穿着内衣坐在床单里,双手捧着一本厚厚的相册,在念:

"《美人与野兽》……《孤寂》……《一匹杂货店里的老马》……《布鲁克林大桥》……"

后来,我半睡半醒地躺在了宾夕法尼亚州车站冰冷的候车室里,一面呆视着《论坛早报》,一面等待着凌晨四点钟的火车。

chapter 03

·第三章·

在夏日的夜晚，从我邻居家里传出的乐声彻夜不息。男男女女们像飞蛾似的在盖茨比蓝色的花园里飘来荡去；在星空下边喝着香槟酒边窃窃私语。下午海水涨潮的时候，我便望见他的客人们在木排做成的跳台上跳水，或是在他温暖的沙滩上晒着太阳，海面上他的两艘汽艇在桑德海湾中破浪疾驰，后面拖着的滑水板在瀑布般的波涛上时起时落。每当周末来临，他的那辆罗尔斯·罗伊斯牌轿车便成了客运车，往来于城市和市郊之间接送宾朋，从早晨九点一直到午夜以后；他的另一辆往返于车站的面包车像只动作敏捷的黄甲虫，奔驰着去迎接所有到来的列车。到了星期一的时候，他的八个用人（包括另外雇来的一个园丁）就用拖布、木板刷、锄头和花剪等工具整整地忙上一天，清洁和修理昨夜里糟蹋后剩下的狼藉。

每到星期五，从纽约的一家水果店里便运来五大筐的橘子和柠檬果——星期一时这些橘子和柠檬就变成了小山似的皮壳被从后门运了出去。他的厨房里有一台榨汁机，只要厨师的大拇指在按键上压过两百次，半个小时之内两百个橘子就榨成了果汁。

　　每间隔顶多两个星期，就有一帮包办酒席的人带来几百英尺①长的篷布，和足以把盖茨比的整个巨大的花园装点成一棵圣诞树的彩灯。餐桌上摆满了色香味俱全的美羹佳肴、各种色彩鲜亮的冷盘、菜料齐全的沙拉、颜色深红的烤猪肉和烤火鸡，中间是一盘五香火腿。在大厅里，用黄铜做成的栏杆围起了一间酒吧，里面摆着杜松子酒和各种白酒；还有味道齐全的提神甜酒，这些酒已不多见，来他这儿的年轻姑娘们大多都区分不出它们的品名。

　　晚上七点钟的时候，乐队来了，当然绝不是那种简单的五人小乐队，而是一个各种乐器应有尽有的剧院式乐队，有双簧管、长号、萨克斯管、大小提琴、短号和短笛，还有高低音的乐鼓等。最后一批游泳的人也从岸边回来了，正在楼上换衣服；从纽约来的小车五个一排地停在车道上，大厅、沙龙和游廊里已经是彩灯纷呈、金碧辉煌，客人们的发式都是最新奇的式样，所披的纱巾是那种连卡斯蒂尔②人做梦都想不到的。最热闹的地方要数酒吧间，鸡尾酒一巡一巡地不断端上来，酒的香味一直飘散到房外的花园里，到处洋溢着欢声笑语，若偶尔相遇，便有人从中介绍或彼此自我介绍，可转眼间大家又都忘在了脑后，从来相互不知道姓名的女人们遇在一起，更是一番热烈的寒暄。

　　夕阳冉冉西沉，灯火显得越发明亮起来，这时乐队奏起了轻快的鸡尾酒宴曲，于是庭园里此起彼伏的像大合唱般的喧哗声又抬高了一个音调。笑声变得越来越轻松、慷慨无节度起来，随便一句打趣的话便可以引起止不住的开怀大笑。随着不断有新人的到来，四下聚拢着的一伙伙谈笑的人群变换得更加频

---

①1英尺=0.3048米。

②西班牙国一地名，以产头巾出名。

繁，彼散此聚只是屏息间的事；此时，已经有一些胆大自信的姑娘们穿梭于各组人群之间，时不时成为这一伙或那一伙人里的佼佼者，享受一下受人青睐的那种激烈的喜悦心情，然后一眨眼的工夫又带着胜利者的激奋，融入这闪烁变幻的灯光下像海水般变化着的面孔、声音和色彩中间。

突然，就是这些姑娘中的一个能歌善舞者，身穿一件飘逸的乳白色衣裙，接过从人群中向她掷来的一瓶鸡尾酒，为助其兴，一口气将它喝下，接着像吉普赛人那样抖动着手臂，独自一人在篷布搭成的平台上舞了起来。一时间全场肃然，乐队指挥不得不照着她的舞步变换乐曲的旋律。随后便爆发出一阵叽叽喳喳的声音，众口皆误传说，她是齐格菲讽刺舞剧团的吉尔达·格雷①的替角。晚会也在此时正式开始了。

我相信，在我第一次去到盖茨比家的那个夜晚，我是被正式邀请来的那些少数客人中的一个。人们大都是不请自来。他们乘上开往长岛的汽车去游玩，结果碰巧来到了盖茨比的府邸门口。一旦进到府里，他们便由认识盖茨比的某个人加以介绍，在这之后他们就可以按照大体上和娱乐园相一致的规则来活动了。有时候，他们来去时根本没见着盖茨比其人的面，只要心里想来玩，这便是参加晚会的最好的入场券了。

我是真正受了邀请的。星期六一大早，有一位身穿蓝绿色制服的司机穿过我的草坪，给我送来了一张他主人的非常正式的请柬，上面说："倘使那天晚上你能参加我举办的'小小晚会'，盖茨比本人将不胜荣幸。"在这之前，他已见过我好几次了，本来早就想造访，不料一些事务缠身未能如愿——下面是盖茨比庄重的亲笔签名。

———————————————

①吉尔达·格雷是轰动一时的纽约舞星。

晚上七点刚过，我穿了一套法兰绒制服，走到他的草坪上，徜徉在我不认识的人流之间，不免有一点不自在的感觉——尽管间或也出现过一两张我在期票车上见过的面孔。四下里都有从英国来的青年人，数目之多令我惊讶；他们都穿得很好，脸上略显出贪婪的神情，在用低低的诚恳的声音和美国的阔佬们谈话。我敢肯定他们是在出售什么东西：债券或是汽车的保险金。至少他们不无痛苦地意识到了，那好赚的钱就在眼前，只要话说得机巧，说到点子上，他们坚信那钱就是他们的了。

我一到达那后，就试着找过房主人，但是让我询问过主人之去处的那两三个人，都用迷惑不解的眼光望着我，并且连连使劲儿地摇头说不知道他的行踪和去向，我只好悄悄地溜向摆放着鸡尾酒的桌子那边——这是花园里唯一一处能使闲逛的单个男子不至显得百无聊赖和孤寂的地方。

我正要因为我这尴尬的处境而喝得酩酊大醉的时候，乔丹·贝克忽然从房里走了出来，立在最高的一阶大理石台阶上，身子稍稍向后仰起，用一种鄙夷的目光饶有兴味地俯视着花园。

不管她愿意不愿意，我觉得我现在必须有个伴儿可依附才行，这样我便好与迎面来的客人亲热地攀谈了。

"嗨！"我喊着，朝她那边赶去。在这花园里我的声音高得似乎都显得有点唐突了。

"我想你可能在这儿，"当我上来的时候，她漫不经心地说，"我记得你住在隔壁……"

她机械地拉着我的手，将此作为一种她即刻便会关照我的允诺，听着在台阶下面站着的两个身着同样黄色衣裙的姑娘向她打招呼。

"嗨！"她俩一起喊着，"真可惜你没有能赢。"

她们指的是高尔夫球赛。在上个星期的决赛中她败北了。

"你并不认识我们，"穿着这黄色衣裙的一个姑娘说，"不过一个月前我们曾在这儿遇见过你。"

"哦，在那以后你们染过了发。"乔丹说的使我吃了一惊，再看那两个姑娘时，她们已经随意地走到前面去了，她的话也只好留给一轮初升的新月听了，这新月就像从送食物者的篮子里取出的晚餐一样那么鲜嫩。挽着乔丹那富于光泽的细嫩胳膊，我们两人步下台阶，在花园里悠闲地踱着步。在暮色中有一只托盘冲着我们飘过来，于是我们在一个餐桌旁坐下，与我们同坐一桌的还有那两个穿黄衣裙的姑娘和两位男子，他们在介绍自己的名字时，说得都很含糊。

"你常来参加这里的晚会吗？"乔丹问坐在她身边的那个姑娘。

"我上次来这儿是第一回，就是我碰见你的那一次，"那个女孩回答，她说话口齿伶俐而又充满自信，说完她便转向她的朋友，"你也是吗，露西尔？"

露西尔回答说也是如此。

"我喜欢来这儿。"露西尔说，"我对什么也不在乎，所以我总是玩得很开心。上次来我不小心在椅子上刮破了我的衣服，他得知后马上记下了我的姓名和地址——不到一个星期我便收到了克罗里尔服装店寄来的一个邮包，里面是一件崭新的晚礼服。"

"你把它收起来了吗？"乔丹问。

"当然，我收下了。今天晚上本来是要穿的，结果胸围太阔，得改一下才行。衣料是天蓝色，上面还镶着淡紫色的珠子。价钱是二百六十五美元。"

"乐于做这样事情的人总有什么地方叫人觉得有趣，"另一个姑娘急切地说，"他不愿意得罪任何人。"

"是谁不愿意呢？"我问。

"盖茨比。有人告诉我说——"

这两个姑娘和乔丹像有什么秘密话儿要说似的，身子凑到了一起。

"有人对我说，他们认为他曾杀死过一个人。"

我们在座的人心头都感到一阵悸动。那一位马姆布尔①先生也将身子聚拢过来，极注意地在听。

"我总觉得他们说得太过了，"露西尔怀疑地说，"说他战争期间是一

---

①此是 mumble 一词的音译，词义是"含糊不清地说"，Mr. Mumble 是作者自创，指说话不清的人。

名德国间谍，倒较为可信。"在场的一位男子同意地点了点头。

"一个对他非常了解、跟他在德国一块儿长大的人也是这样跟我说的。"他很肯定地对我们说。

"哦，不对，"刚才第一个开口说话的姑娘说，"这根本不可能，因为战争期间他在美国军队里服役。"见我们信任地将注意力转向了她，她探出了身子饶有兴味地继续说下去，"在他认为没有人注意他的当儿，你去观察他的表情。我敢打赌他杀过人。"

她两眼眯缝着，浑身在战栗。露西尔也战栗着。我们不约而同地都扭转身子，用眼睛四处打量寻找盖茨比。四下里，那些平时认为几乎没有什么事不可以公开谈论的人群，也在窃窃私语着有关他的事情，显然这又是对他在人们心中所激起的那一罗曼蒂克猜想的印证。

第一顿晚餐——过中夜以后还有一顿——开始端上来了，乔丹请我到她们那一桌去吃，她的朋友都在花园的那一头坐着。她们这一桌上坐着三对夫妇和陪乔丹一起来的一个大学生。这位大学生说话总爱拐弯抹角，含沙射影，对乔丹是穷追不舍，从他表露出来的神情上看，他觉得乔丹迟早会委身于他，只是程度上也许会有所不同而已。不像其他桌上那样闲聊瞎侃，这一桌上的人都有一种道貌岸然的气质，俨然以东卵镇行为持重的乡绅代表自居——表现出一种东卵对西卵的纡尊降贵和对其灯红酒绿的狂欢的戒备心理。

"让我们离开这里，"在白白地颇感不适地熬过了半小时之后，乔丹轻轻地对我说，"这里的气氛太斯文了，不适合我。"

我们立起身子，她解释说我们要去找一找房主人。"我从来还没有见过他，"她说，"这让我心里很不安。"那个大学生不以为然地点着脑袋。

酒吧，是我们第一眼扫过的地方，那里人群熙攘，可是盖茨比不在那里。

她站在最高的台阶上眺望，也没能看到他，他也不在游廊里。无意中我们推开了一扇样子很威严的门，走了进去，原来是一座高屋顶的哥特式风格的图书馆，四壁上镶嵌着雕花的英国橡木板，也许这整个图书馆都是从海外某一处遗迹那里原封不动地搬运过来的。

一个身体壮实的中年男子，着一副颇像猫头鹰眼睛似的大镜片的眼镜，略带醉意地坐在一张硕大的桌子边上，瞪大着眼睛可又每每不能集中其注意力地观望着架上的书。在我们进来的时候，他激动地转过身子，从头到脚打量着乔丹。

"你们怎么认为？"他突兀地问道。

"认为什么？"

他挥手指着这些书架。

"就是它们。当然啦，你们实际上也不必劳神去证实。我已经证实了。它们都是真的。"

"你说的是这些书？"

他点点头。

"绝对是真的——里面有页码，有文字，有内容。我原以为这些书都是一些漂亮结实的空壳子。当然啦，它们不是，它们都是货真价实的书。这是书的页码，还有——你瞧！让我拿给你们瞅一瞅。"

在他看来我们有怀疑是理所当然的事，于是他急匆匆地到了书架那边，拿回一本《斯托达德①演说集》第一卷。

"请看！"他得意地喊着，"这是一本真正的印刷物。我原以为它不是真的。

①美国著名演说家。

这家伙(指盖茨比——译者注)简直像是个贝拉斯科①。这真了不起。多么完美！多么逼真！还懂得恰到好处——这书页还没有裁开。②你还会有什么不满足的呢？你还会再希冀什么呢？"

他将书一把从我手里夺了过去，一边匆匆忙忙地把它放回到原来的位置上，一边嘴里咕哝着说要是有一块砖石被挪掉，整个图书馆便可能会坍塌下来。

"是谁带你们来的这儿？"他诘问说，"或者是你们自己来的？我是有人引着来的。大多数的人都是如此。"

乔丹用敏捷愉快的眼光望着他，没有吭声。

"我是跟一个名叫罗斯福的女人来的，"他继续说，"克劳德·罗斯福夫人，你们认识她吗？我昨天晚上在一个什么地方遇见了她。我醉酒到现在大约有一个星期了，我觉得坐在图书馆里也许能使我清醒过来。"

"那你好些了吗？"

"好了一点，我想。我也说不准，我才在这里待了一个小时。我告诉你们关于这些书的事了吗？它们是货真价实的书，它们是……"

"你告诉过我们了。"

我们和他庄重地握过了手，又回到了花园里。

现在，人们已经在花园的篷布上跳起舞来：上了年纪的男人们推拥着他们年轻的女舞伴走着退步，不停地绕着并不优美的圈子，那些颇有身份的夫妇们互相在一起跳着时髦的曲步舞，而且总是在人少的角落里跳着——许多没有舞伴的姑娘们或者在跳单人舞，或者在帮乐队的人弹班卓琴和敲打击乐器。到午夜时分，狂欢进入了高潮。一位著名的男高音歌唱家唱起了意大利语歌曲，

---

①美国舞台监督，以布景逼真闻名。
②旧时书印刷出来后均不裁开书页。

一位颇有名气的女低音歌唱家唱起爵士音乐，整个花园里
的人们合着这音乐的节拍都在跳出自己最拿手的优美舞步，
欢乐轻佻的笑声直冲向仲夏之夜的天空。一对舞台姐妹——
原来她们就是那两个穿黄色衣裙的姑娘——穿上戏装表演了一幕
童子剧。这时香槟酒又用比洗指钵还大的玻璃杯端了上来。夜空中的月亮升
得更高了，三角铁①银铃般的音律飘荡在桑德海湾上，当与草坪上的班卓琴那
呆板纤细的音调相遇时，便发出一阵颤声。

　　我仍然和乔丹·贝克在一起。跟我们俩同坐在一桌的还有一位与我年
龄相仿的男子，一个吵吵嚷嚷的小姑娘，只要稍微有一点点什么事情，
她就会一直笑个不停。我现在感到我能欣然悠然地欣赏这一切了。
我已喝下了两大杯香槟酒，我眼前的这整个场景已经变得富于
意义，雄浑和深邃起来。

　　在一阵狂欢过后，那位男子注视着我，微微地笑了。

　　"我觉得你很面熟，"他很有礼貌地说，"战争期间
你是不是在第三师？"

　　"不错。我在第九机枪营。"

　　"我在第七步兵营一直待到一九一八年六月份。我
在此之前就知道，我从前曾在什么地方见过你。"

　　我们谈了一会儿法国潮湿阴冷的小村庄。显然他就
住在附近，因为他跟我说他刚买回一架水上飞机，明天要
到海上去试飞。

---

　　①一种打击乐器。

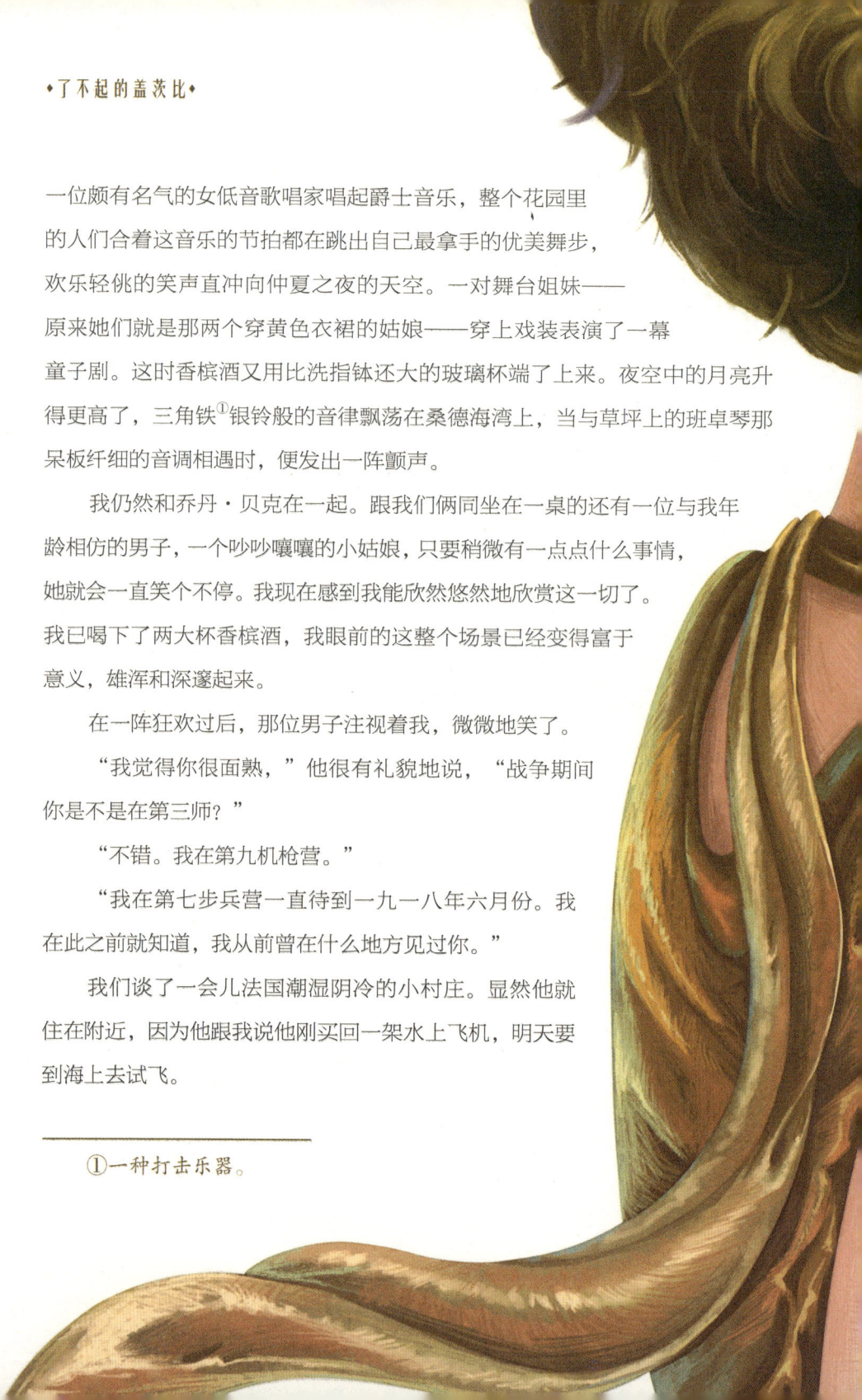

"愿意一起去吗，老弟？就在桑德海湾靠近岸边的水面上。"

"什么时候？"

"在你认为最合适的时间。"

在我正要张口问他姓名的时候，乔丹忽然转过脸来朝我笑了笑。

"你现在觉得快活些了吧？"她问。

"好多了。"我又向我的新相识转过身去，"这是个对我来说很不寻常的晚会。直到现在我还没有看到房主人。我就住在那边的……"我伸手指向那边看不见的篱笆，"叫盖茨比的这个人派他的司机给我送去了请柬。"

有一会儿他注视着我，好像没能听懂我的话。

"我就是盖茨比。"他突然说道。

"什么！"我惊了一跳，"噢，实在对不起。"

"我原以为你知道我，老弟，我这个主人可真是没有当好。"

他理解体谅地笑了——这笑比理解和体谅有更多的含义。这是那种不多见的、使你忐忑不安的情绪能很快平静下来的笑，这种笑容人的一生中顶多能碰上四五次。它先是在一刹那间面对——或者说似乎在面对——整个外部世界，然后它就全副心神地倾注到你的身上，对你充满一种不可抵御的偏爱之情。它对你的理解恰是你想让人理解的那么多，它对你的信任恰像你平时愿意对自己所信任到的那种程度，它叫你确信它对你的印象恰是你所希望造成的那么多。就在此刻这种笑容在他脸上消失了——我现在看到的是一位举止文雅、性格倔强的年轻人，年龄大约在三十一二岁，他讲话时的那种字斟句酌的劲儿，刚好不至于显得可笑。在他还未作自我介绍之前，我已获得了一个很深的印象：他说每一句话都很慎重。

在他就要对自己的身份做一番介绍的当儿，管家急匆匆朝他走来，说是芝加哥那边给他来了电话。他对我们在座的每一个人一一鞠了一小躬表示歉意。

"如果你想要什么尽管开口，老伙计，"他敦劝我说，"请原谅，我一会就回来。"

他一走远我便即刻转向乔丹——尽量抑制自己，不让她看出我的惊讶。我原来想象中的盖茨比是一个大腹便便、雍容富贵的中年男子。

"他是谁？"我急着问，"你知道吗？"

"他是一个叫作盖茨比的人。"

"我是问他是哪里人？还有他是干什么的？"

"呵，你现在也终于开始谈到这个话题了。"她恍然地笑着回答，"哦，他曾告诉我他上过牛津大学。"

一个有关以前的他的模糊背景刚刚开始形成，可是她下面的一句话又使它消逝了。

"不过，我对此并不相信。"

"为什么不呢？"

"我也不知道，"她固执地说，"我只是觉得他根本没有去过那里。"

她说话的语气使我想起那个女孩说的"我觉得他杀死过人"的话，所以也同样勾起了我的好奇心。我会毫不犹豫地接受有关盖茨比是从路易斯安那州的沼泽地区或是纽约东城的贫民窟起家发迹等等的说法，因为这并不难理解。然而年轻人们却不会——至少以我的孤陋寡闻和没见过什么大世面来看，我认为他们不会——他们不知他从何处一下子漂到长岛桑德海湾来，无缘无故地买下这座宫殿似的住宅。

"不管怎么说，他举办了这么多次大型的晚会，"乔丹改变了话题，她也像有的都市人那样讨厌追寻别人的底细，"我喜欢大型的晚会，它们使人感到亲切。在小型的晚会上，每个人都在众人的目光之下。"

这时花园里响起了隆隆的铜鼓声，接着乐队指挥清越的嗓门盖住了满园的喧闹声。

"女士们，先生们，"他大声说，"遵照盖茨比先生的请求，本乐队将为诸位演奏弗拉基米尔·托斯托夫的最新作品，这部作品在五月份于卡内基音乐大厅演奏时曾引起社会各界的广泛注意。如果你读过报纸你就会知道它引起过巨大的轰动。"他笑了，表示出一种愉快的俯就神情，重复说，"轰动效应！"在场的每一个人都大笑起来。

"这支曲子名为，"他精神抖擞地结束道，"弗拉基米尔·托斯托夫的《世界爵士音乐的缘起》。"

可惜托斯托夫这支曲子的内容我没有听好，因为就在它刚刚开始演奏时我的眼睛便落在了盖茨比身上，只见他一个人站在大理石台阶上，用赞许的目光望着一组一组的人群。他那黧黑的皮肤紧紧地绷在他那富于魅力的脸庞上，他那一头整齐的短发好像每天都被修剪似的。在他身上我看不到一丝邪恶的阴影。我不知道是不是因为他现在没有喝酒，所以他有别于他的客人们，在我看来，随着人群中那种无拘无束、不分你我的狂欢劲头与时俱增，他却越发变得冷静和清醒了。当《世界爵士音乐的缘起》演奏完毕时，姑娘们卖俏地微带着醉意，将她们的头偎依在男人们的肩头，有些女孩向后退着顽皮地仰进男人们的怀抱里，心里晓得会有人把她们托住的——但是，却没有一个姑娘仰倒在盖茨比的怀中，没有一个姑娘的秀丽短发拂在盖茨比的肩头，更没有哪一个四重唱的小组把盖茨比拉进来凑数。

"诸位，请原谅。"

盖茨比的管家不知什么时候忽然站到了我们旁边。

"你是贝克小姐吗？"他问道，"打搅你了，盖茨比先生想和你单独谈一谈。"

"和我？"她吃惊地喊道。

"是的，小姐。"

她慢慢地站起来，先是惊奇地挑起眉看了看我，然后随管家朝屋子里走去。我注意到她穿了参加晚会的服装，像她的所有衣服一样，这一套也像是运动装——她走起路来轻盈飘逸，就像是于清新的早晨在高尔夫球场上初学练步那样。

我又是一个人了，时间已经快到晚上两点。有一会儿，从平台上方延伸出的一间镶嵌着许多窗户的长形屋子里，传出混乱而又令人神往的声音。陪乔丹来的那位大学生在与两个歌唱团的姑娘聊女人生小孩的事，并且硬叫我也来谈谈，我躲开了他，走进屋子里。

那间大屋子里挤满了人。穿黄色衣裙的那个姑娘正在弹琴，站在她旁边唱歌的是一位来自一家著名歌唱团的高个子红头发的年轻姑娘。她已经喝了不少香槟酒，唱着唱着竟不知怎么突然觉得一切都是那么那么地悲凉——她不仅在唱，也在哭。歌声中一有该停顿的地方，她便用啜泣和哽咽填补起来，然后用一种带着颤声的高音再往下唱那支抒情歌曲。眼泪从她的面颊上流淌下来——不过，流得并不顺畅，因为当泪水一与她那挂满泪花的眼睫毛相遇时便呈现出黛青色，再往下流的时候就成了许多条黑色的缓缓而行的小溪流。有人幽默地向她建议说，希望她演唱她脸上画出的乐谱，听到这话她高高地举了一下她的双臂，瘫在了一把椅子上，进入了酒后的甜甜睡眠。

"她刚和一位自称为她丈夫的男人打了一架。"一个在我身旁的女孩解释说。

我向四周看了看，现在还留在晚会上的大多数女人都在跟自称是她们丈夫的开战，甚至连乔丹的那一伙人，从东卵来的四人组，也闹起了分歧和内讧。这其中的一位男子正在同一个年轻的女演员谈得火热，他的妻子起先还装出满不在乎、不屑一顾的神情拿此作为笑料，可很快就气急败坏起来，采取了侧面进攻的方式——她隔一会儿便突然像是个锋利的金刚石似的出现在他的侧边，舐他的耳朵说："你可是承诺过的！"

不仅仅是较放纵的男人不情愿离去，现在在大厅里的两位冷静得几乎叫人生厌的男人和他们愤愤不平的妻子形成了鲜明的对照。这两个女人彼此相互同情，在用略微抬高了的声音发着牢骚。

"他一看到我玩得高兴便想要回家。"

"我们总是离开得最早。"

"我们也是。"

"唉，今天晚上我们差不多都是最晚离开的人啦。"其中的一位男子羞于启齿地说，"乐队在半个小时前就走了。"

尽管两位夫人都异口同声地说丈夫这般不善待她们真是叫人难以置信，可是他们之间的争执很快就结束了：两个女人都被她们的丈夫拎了起来，腿在空中踢着，消失在外面的夜色中。

我在大厅里等着取我的帽子的时候，图书馆的门开了，乔丹·贝克和盖茨比一起走了出来。他正在跟她说最后的一句话，这当儿有几个人走过来向他告别，他脸上流露出的急切神情此时即刻变作一副彬彬有礼的样子。

乔丹的那伙人在门廊那里一个劲儿地喊她，可她在和我道别时还是逗留了一会儿。

"我刚才听说了一件非常令人惊奇的事情，"她小声说，"我离开有多长时间了？"

"哦，大约有一个小时吧。"

"这真是……真是太让人感到惊奇了。"她若有所思地重复着，"可是我已经发过誓，我决不把它说出去，瞧我这是在逗弄你了吧。"她对着我的脸很迷人地打了个呵欠。"请来找我……电话簿……户头上的西格尼·霍华德太太……我的姑妈……"她一边说着一边匆匆地离去——在她融入站在门口等她的那伙人中间去的当儿，她举起她棕色皮肤的手做了一个快活的告别手势。

我第一次来就停留到这么晚，真觉得有点不好意思。怀着这种心情我走到最后一伙客人那里，此时盖茨比正被他的客人们围拢着。我想向他解释我为何傍晚刚到来时就四处找过他，也想为在花园里未能认出他的尴尬表示歉意。

"没有关系，"他诚恳地对我说，"不要再把它放在心上，老伙计。"这熟悉的口头禅，和他那信任地抚摸在我肩头的手，都使我一样感到亲切，"不要忘记，明天早上九点钟我们一块儿去驾驶水上飞机。"

这时管家站到了他的身后：

"费城来了长途电话，先生。"

"好的，我就来。告诉他们稍等一下……晚安。"

"晚安。"

"晚安。"他微微地笑了——我忽然觉得我留在这里最后才走的这一事实本身似乎便有着令人欣慰的意义，仿佛盖茨比先生整个晚上都在盼望着这一时刻的到来，"晚安，伙计……晚安。"

当我走下了大门台阶的时候，我才知道晚会还没有完全结束。离大门五十英尺处，十几盏车灯把一片混乱而又奇怪的景象照得如同白昼。一辆两分钟前刚离开盖茨比家的车道的新车，斜倒在了路边的水沟里，一只轮子也掉了下来。墙上突出的垛堞是造成车轮与车轴分离的原因，这一事故吸引了五六个好奇的司机。不过在他们停下车来阻塞了道路时，跟在他们后面的汽车的刺耳喇叭声便响成了一片，使本来就喧闹的场面变得更加混乱。

一个身着风衣的男子从那个坏了的车上走了下来，站到了马路中间，用一种闲适而又迷惑不解的目光从车子看到轮胎，又从轮胎看到路上围观的人们。

"瞧！"他解释说，"它掉进水沟里了。"

这一事实叫他感到说不出的惊讶，我先是认出了这种不同寻常的诧异品性，而后我认出了这个人——他就是傍晚待在盖茨比图书馆里的那位监护人。

"这是怎么回事？"

他耸耸肩膀。

"我对机械一窍不通。"他很干脆地说。

"但是，这事故是怎么发生的？你是不是把车撞到了墙上？"

"不要问我，"他说，一下子把事情从自己身上推得一干二净，"我几乎不懂得任何驾驶方面的知识。事情发生了，这就是我所知道的全部。"

"唉，如果你不怎么会开车，那你就不该在晚上试着开。"

"可是，我甚至就没有试着开过。"

"那么，你是想要自杀？"

"算你走运，只是掉下来一个轮子！一个几乎不懂开车而且连车碰也没有碰过的司机。"

"你们没有明白我的意思，"这个闯下祸的人解释说，"刚才我没有开车。车里还有一个人。"

当人们听到这一辩解而与此同时那辆车的车门又缓缓地打开了的时候，

人们的惊讶从一连串"啊——啊——"的惊叹声中宣泄出来。人群——现在聚拢的人数之众已经够得上是人群了——自动地朝后退了一步，在门完全打开了的当儿又有一刻令人毛骨悚然的静止。然后，非常缓慢地，一点一点地，从车子里探出一个面色苍白的人，他在用一只穿着硕大跳舞鞋子的脚迟疑地试踏着地面。

车灯的强光晃着他的眼睛，叫个不停的喇叭声响昏了他的头，使得这个幽灵似的人摇摇晃晃地立了好一会儿，才发觉穿风衣的男子就在他的近前。

"出什么事了？"他平静地问道，"是不是没有油了？"

"瞧！"

有六七个手指指向了那个被撞下来的轮子——他愣愣地看了它一会儿，然后抬起头向上望去，仿佛他在怀疑它是从天下掉下来的。

"轮子掉了。"有人解释说。

他点了点头。

"起先我并没有注意到我们的车已经停了。"

他茫然地立了一会儿，然后长长地舒了一口气，挺了挺肩膀，用断然的口气说：

"你们能告诉我加油站在什么地方吗？"

至少有十多个人，他们中的一些醉得也不见得比他轻，向他解释说车轮和车子之间已经不再有任何实际的东西将它们连接在一起了。

"向后倒车，"过了一会他建议说，"把车从沟里倒出来。"

"但是车轮掉了一个！"

他犹豫迟疑起来。

"试一下也无妨。"他说。

　　刺耳的像是猫叫春似的喇叭声越响越亮，我扭转身穿过草坪，朝我住的地方走去。路上我又回过头看了一眼，只见一片皎洁的月光照着盖茨比的别墅，照在他那华灯仍亮可笑语喧哗已去的花园里，夜晚又变得像以前那般静谧和美好。刹那间，从别墅的窗子和阔大的门扇里似乎涌出恣肆的空虚，将房主人的身影置在凄冷孤寂的氛围之中，他正站在门厅处举着手臂行送别之仪。

　　回头读一下我迄今写下的这些东西，我知道我可能留给读者这样一个印象，即这分别发生在三个晚上的事件（中间都间隔着几个星期）是我唯一关心的事情。其实恰恰相反，它们只是那一多事之夏中的几个偶然发生的事件。在很长一段时间内，①与我个人的事情相比，我对它们的关注真是微乎其微。

　　大多数的时间我都在工作。一大清早太阳就投下我西去的影子，我匆匆

---

　　①意指在盖茨比死之前的这段时间。他死后，尼克便体会到这些事件的重要性了。

忙忙地穿过纽约市区高楼林立的街道向正诚信托公司赶去上班。我跟公司的其他职员和年轻的债券推销员比较熟悉，我与他们一起到那些阴暗拥挤的饭店里用午餐，吃小猪肉香肠、土豆泥和咖啡。我甚至还和一个住在泽西城的、在会计部工作的女孩有过一小段恋情，后来她的兄长开始给我脸色看，于是在她七月里去度假时，我让这段恋情悄悄地告吹了。

我通常在耶鲁俱乐部吃晚饭——不知什么原因，这是我一天里最灰暗的时刻——饭后我便到楼上的图书馆去，认真读上一小时有关投资和债券的书籍。时常周围总有些游手好闲的人，但是他们从来不光顾图书馆，因此这倒是个工作的好地方。从那里出来后，如果夜色美好娇柔，我便沿着麦迪逊大街散散步，经过那座古老的默里·希尔旅馆，然后穿过第三十三条大街，步到宾夕法尼亚东站那里。

我开始喜欢起纽约，我能体味到在夜晚时它所具有的那种勃勃生机和胆大冒险的氛围，能从观赏车水马龙和川流不息的男女人群中得到无上的满足。我喜欢漫步在纽约曼哈顿区的第五大道，用眼睛从人群中挑拣出几个浪漫风流的女郎，幻想在几分钟以后我将悄然进入到她们的生活之中，既无人知晓又无人反对。有时，我想象着跟她们走到了她们那坐落在人稀灯暗的街头角落的住地，她们扭过头来对我莞尔一笑，然后便走进门消失在温馨的暗色里。在都市迷人的暮霭里，我时而也会产生一种排遣不去的孤寂感，同时我也在别人身上发现了它——形单影只的年轻职员们在别人的窗户前来回地徘徊，一直待到孤零零地去吃晚饭的时分，他们虚度着夜晚和生活中的那段最销魂的时光。

还有，每到晚上八点钟，从四十街到五十街一带的巷子里五辆一排地停满了驶向剧院区的出租车时，我的心头也觉得沉重。坐在车子里的身影互相偎依在一起，歌声和不知说了什么有趣的事而引发的笑声不断从里面传出来，燃着的烟卷不时映出车里人影影绰绰的身姿。我想象着我也要很快就奔向那欢宵良夜，分享他们的愉快和激动，于是我开始为他们祝福。

有一段时间，我看不见乔丹·贝克，后来在仲夏时节我又碰到了她。起初我只是很高兴能和她去这儿去那儿，因为她是高尔夫球的第一号选手，每个人都知道她的名字。可后来，事情就不再是这么简单了。我并没有坠入情网，不过我对她有了一种亲切的好奇心。在她那面对世态炎凉时的高傲、厌世的面容背后一定隐藏着什么——在矫揉造作的下面大多都隐藏着什么，即便在开始时没有——有一天我终于发现了它是什么。那是我们一起去沃威克参加一次别墅晚会，她把一辆借来的车停放在外面，因没有支起篷架车被雨水淋了，后来她对此说了谎——这使我倏然想起在黛西家的那天晚上我当时没有记起来的那个关于她的故事。在她第一次参加大型的高尔夫球赛时，曾发生过一场风波，几乎捅到了报纸上——有人检举她在半决赛时把球移到一个较好的位置，而她却死不认账。在这件事几近于变成丑闻笑谈的时候，突然一下子平息了。一个球场服务员收回了他的陈述，另一个唯一的见证人也说他可能是看错了。这一事件和她的名字自此便一起留在了我的脑海里。

乔丹·贝克本能地避开那些聪慧精明的男人们，现在我明白了她之所以这样做，是因为她认为立在那些觉得她不可能做出任何背离社会准则和道德的事的人们中间，她要安全得多。她无可救药般地不诚实。她从来不能忍受自己处在不利的位置，以这样的一种不情愿为前提，我想她从很年轻的时候起就开始学会了玩弄手腕和推诿事由，以便既能对世界操一种冷嘲热讽的微笑，又能满足她那坚实活泼的肉体的欲求。

不过，在我看来这却无关紧要。女人们不诚实，这绝不是那种了不得的事——我只偶尔感到一些遗憾，随后便忘掉在脑后了。也是在那次别墅晚会上，我们俩就开车一事有过一次奇怪的争论。这场谈话的起因，是由于她开着车紧紧贴着一个工人驰过，车子的挡泥板挂到了人家上衣的纽扣。

"你开车太大意了，"我不高兴地说，"你开车应当多加小心，否则你干脆就甭开。"

"我很当心。"

"不，你没有。"

"哦，别的人都很小心。"她不以为然地说。

"那与这件事有什么相干？"

"他们会躲开我的道，"她执拗地说，"出事是由双方造成的。"

"假定你真的遇上一个像你这样不当心的人……"

"我希望我永远不会，"她回答说，"我讨厌粗心大意的人。这正是我喜欢你的原因。"

　　她那略微眯缝着的灰色眼睛直视着前方，可她最后说的那句话却巧妙地拉近了我们俩之间的关系，有一会儿工夫我想我已经爱上她了。然而我是个思维迟钝的人，有满脑子的清规戒律，它们像刹车一般控制着我的欲望，而且我也知道我得首先把自己从老家里的那段情事纠葛中完全解脱出来。迄今为止，我还每周给那边写一封信，末尾署着"爱你的尼克"，我现在对那个姑娘所能想起的，就是当她在打网球时，那些细小的像髭须一样的汗珠是如何从她的上唇渗了出来。不过，不管怎么说，我必须有策略地先从那一未确定的婚约中脱出身来，然后我才能自由。

　　每个人都认为他自己至少具有一种主要的美德，我的美德是：我是我所结识过的少有的几个诚实人中的一个。

chapter 04

·第四章·

　　星期天的早晨，当教堂的钟声回响在沿岸的村落里时，时髦社会中的男男女女便又来到盖茨比的别墅，在他的草坪上尽情欢乐，草坪因此倒也增色不少。

　　"他是个倒卖酒的走私犯。"年轻的小姐们在他的美酒和花丛中散步时说，"他曾杀过一个人，因为此人知道了他是兴登堡①的侄儿。快给我摘朵玫瑰，亲爱的，再替我在那只透明的玻璃杯子里倒上最后一杯酒。"

　　有一次，我曾在一张火车时刻表的空白处记下了那年夏天造访盖茨比府邸的人的名单。现在这张时刻表已经旧了，在其折叠处已经分离开来，表的上方印着"该表于一九二二年七月五日生效"。不过我仍然能够辨认出那些字迹已经发黄的名字，关于那些受到过盖茨比的款待、对他的微妙回报只是对其一无所知的人们，这些记下的名字将能比我的泛泛描述带给你更深的印象。

　　那时，从东卵来的有切斯特·贝克尔夫妇和利奇夫妇，还有一个名叫邦

──────────

　　①德军元帅，第一次世界大战期间任德军司令。

森的先生，他是我在耶鲁时认识的，还有韦伯斯特·西维特，他去年夏天在缅因州被淹死了。

此外有霍恩比姆夫妇，威利·沃尔泰利夫妇，以及布莱克伯克家族的所有成员（他们来后总是聚集在一个角落里，每当有人走近时就像山羊似的仰起头吸着他们的鼻子）。有伊士梅夫妇和克利斯梯夫妇（或者毋宁说是赫伯特·奥尔帕奇和克利斯梯先生的夫人）；埃德加·比弗，有人说此人的须发在一个冬日的下午，也没有什么特别的原因，就突然全变白了。

克拉伦斯·恩迪夫也来自东卵，我记得他只来过一次，穿着一条白色灯笼裤，还在花园里跟一个叫作埃迪的酒鬼打了一架。从东卵更远的地方来的有奇德尔夫妇，O.R.P. 斯克雷德夫妇，乔治亚州的斯通沃尔·杰克逊·艾布拉姆夫妇，还有费希格尔德夫妇和里普莱·斯纳尔夫妇。斯纳尔在进监狱前的三天还光顾过这里，在碎石铺就的车道上喝得酩酊大醉，结果被尤利西斯·斯韦特夫人开的车压伤了胳膊。

从西卵镇来的有波尔夫妇、马尔莱迪夫妇、塞西尔·罗巴克、塞西尔·舍恩、州参议员古利克，控制着优秀电影评鉴权的牛顿·奥奇德、埃克豪斯特、克莱德·科恩、唐·S.施瓦茨（其子）和阿瑟·麦卡蒂，这些人都与电影界有这种或那种的联系。此外，还有卡特利普夫妇、贝姆伯格夫妇、G.厄尔·马尔登，其弟后来曾亲手勒死了自己的妻子。投机商达·方塔诺也来这儿，埃德·勒格罗、詹姆斯·B.费莱特、厄内斯特·利里和迪·琼斯夫妇——他们一起来是聚赌的，只要费莱特一溜出到花园里，准是他已经输得精光，于是第二天的电车联合企业的股票行情便会上扬。

一个名字叫克利普斯林哥的先生来这儿的次数之频、待的时间之长，已经使他获得了"宿客"的绰号——我怀疑他也许压根儿就无家可归。有关戏剧界的人，来的有格斯·韦兹、霍勒斯·奥多诺万、莱斯待·迈尔、乔治·达克德和弗朗西斯·布尔等。来自纽约的其他客人有克罗姆夫妇、巴克希森夫妇、丹尼克夫妇、拉塞尔·贝蒂、科里根夫妇、凯莱赫夫妇、迪尤尔夫妇、S.W.贝尔彻、斯默克夫妇，和年轻的奎因夫妇（现已离婚），还有亨利·L.帕尔梅托，他后来在泰姆斯广场的地铁里卧轨自杀了。

本尼·麦克莱纳汉每次来总带着四个姑娘。说不准她们不是最一开始来的那四位，她们长得都很相像，所以看起来好像是以前来过似的。我已记不清她们的名字——大概是贾奎林、康舒拉、格洛里亚、朱迪或是朱恩，她们的姓听起来都是很悦耳的花名和月份名，或者便是那些美国大资本家的庄严姓氏，如果有人追问，她们就供认说她们是那些人的表亲戚。

除了上述的人之外，我还记得福斯蒂纳·奥布赖恩至少也来过一次，还有贝黛克尔家的几个女儿和小布鲁尔（他在战争中被打掉了鼻子），阿尔布·鲁克伯格先生和他的未婚妻哈格小姐，阿迪塔·菲茨·彼得斯，一度为美国退伍军人协会主席的P.朱厄特先生，克劳姬·希普小姐和一位随她而来的被唤作是她的司机的男子。最后还有一位什么王子，我们都称呼他公爵，至于他的大名即便我以前知道，现在也忘了。

所有这些人在那年夏天都来到过盖茨比的府第。

在七月下旬的一天早晨，九点钟光景，盖茨比的豪华小轿车沿着一条多石的车道，晃晃摇摇地上行到我的门口，随后给出一阵悦耳的喇叭声。这是他第一次来拜访我，虽然在此之前我已经去他那里参加过两次晚会，乘过了他的水上飞机，在他的热情邀请下，也多次到过他的海滩游玩。

"早上好，老伙计，今天咱们俩要一起吃顿午饭，所以我想咱们还是一块儿乘车去吧。"

他正站在汽车的挡泥板上面来回平衡着自己的身体，他此时表现出的好动性正是美国人所特有的那一种——我想这是由于年轻时缺少举重和直坐的训练，更是由于总是做那种易兴奋的、即兴无拘束的游戏。这一品性常常以坐立不定的表现形式与他那拘谨的举止形成冲突。他简直没有能完全安静下来的时候，不是一只脚在什么地方上下挪动，就是一只手在躁动地做着张合。

他注意到我正用羡慕的目光看着他的车。

"它很漂亮，不是吗，伙计？"他跳下车来好让我看得更清楚，"你以前见过它吗？"

我见过这辆车。大家都知道他的这辆车，它是那种悦目的奶油色，电镀的地方闪闪发亮，在它那长长的车身上，每每有突出来的部位，它们是精美的帽盒、饭箱和工具箱等，还有鱼鳞状的风挡，从十几个不同的角度映射出太阳的光辉。车子的窗户有多层玻璃，车内整个儿包着一层绿色的皮子，宛如一个温暖的花室。我们坐车后就径直朝城里开去。

在过去的一个月里，我曾和他有过五六次的交谈，可是令我失望的是他很少说话。我最初认为他是一个充满未知数的大人物，现在这一印象在我心中逐渐淡薄了，我觉得他只不过是我隔壁那座临街的精美别墅中的房主人罢了。

现在我们再来说那次尴尬的同车而行。我们还没走到西卵村，

盖茨比就停止了他优雅的谈吐，用一只手掌迟疑地拍着他那穿着一身酱色西服的膝盖。

"喂，老伙计，"他突兀地说道，"你觉得我这个人怎么样？"

我一时有些不知所措，便开始找一些泛泛的话来搪塞，免得失言，显出狼狈。

"嗨，还是让我来告诉你我的一些经历吧，"

他打断了我的支支吾吾说，"我不愿意叫你从你所听到的那些流言蜚语中，对我产生一种错误的印象。"

这样看来，他对在他大厅里所传布的有关他的飞短流长，是早有耳闻了。

"我将对你讲真话。"他突然举起右手，像是说"要是我说谎，上帝不容"。"我是中西部一个有钱人家的子弟——家人已全死光了。我在美国长大，在牛津受的教育，因为多少年来我的祖先们一直是在那儿接受教育。这也是一种家庭的遗风吧。"

他的眼睛没有直接对着我——我明白了乔丹·贝克为什么不相信他所说的话了。他急急忙忙地将"在牛津受教育"的词句含糊地带过，或是咽回到肚子里，或是一提到它就哽咽住了，仿佛这话在以前便烦扰过他似的。有了这样的疑心，他的整个陈述便在我面前分崩离析了，我开始怀疑也许在他身上毕竟有些邪恶的东西吧。

"在中西部的什么地方？"我随意问道。

"旧金山。"

"嗯。"

"我家人全死了，于是我得到了很多的钱。"

他的声音很严肃，仿佛那一个家族突然消逝的记忆依然困扰着他。有一会儿我觉得他在捉弄我，可是我对他的一瞥打消了我的这一想法。

"自那以后我像个公子王孙似的停留在欧洲所有的大都市中——巴黎、威尼斯、罗马——收藏珠宝，主要是红宝石，也去狩猎，绘画也做一点儿，不过纯粹是为了自我消遣，我极力想把对我来说是发生在老早以前的那件伤心事忘掉。"

我努力设法使自己不至于因为他的假话而笑出声来。他使用的都是些异常陈腐的词语，在我脑子里树不起任何的形象，除了使我想到木偶戏中头戴方巾的"英雄人物"——它们在布龙公园里追逐老虎时，身上的每一个毛孔却都在往外漏着木屑。

"然后战争爆发了，伙计。这对我来说是个极大的解脱，我努力想战死，可我的生命却好像有什么神护佑着。战争开始的时候，我被任命为中尉。在阿贡战役中，我率领着两个机枪分队向前冲锋，结果在我们的左右两侧形成了半英里长的封锁地带，步兵一时上不来。我们在那里被围困了整整两天两夜——我们这有一百三十号人和十六挺刘易斯式机关枪，当我们的步兵最后跟上来时，他们在敌人的死人堆里发现了三个德军师团的标识。于是我被提拔为少校，所有的同约国政府都授予了我一枚勋章——甚至门的内哥罗，那个亚德里亚海上的小小的门的内哥罗也不例外！"

小小的门的内哥罗！他点着脑袋在口里咀嚼着这几个字——微微地笑着。这笑表示出他对门的内哥罗多事之秋的理解和对门的内哥罗人民英勇斗争的同情，表示出他已充分懂得这个国家所处的境遇和其在整个大链条上的作用，这正是他们之所以愿意授予他一枚勋章的原因。我的不相信态度现在沉入到一片混沌和迷乱之中：仿佛我同时在急速地翻阅着十几本杂志。

他把手伸进衣袋里，掏出一枚系在绶带上的勋章，放在我的掌心里。

"这是门的内哥罗授给我的那枚勋章。"

我惊奇地看到，这东西很可能是真的。勋章上刻印着一圈字——"丹尼罗勋章，门的内哥罗，尼古拉斯·莱克斯"。

"你翻过来看看。"

"杰伊·盖茨比少校，"我念道，"表彰其非凡的英勇精神。"

"这儿还有一件我随身携带着的东西。我在牛津时期的纪念品。这照片是在三一学院①拍的，站在我左边的这位现在已是唐卡斯特伯爵了。"

照片上有五六个穿着运动装的青年人悠闲地站在一座拱廊下，穿过拱廊依稀可见一群尖尖的塔顶。里面有盖茨比，显得稍比现在年轻一些可也年轻不了多少——手里握着一只板球拍。

这样一来，这一切都是真实的了。于是在想象中我仿佛看见在他那格兰德运河河畔的宫殿里到处挂着的耀眼的老虎皮；我仿佛看见他打开一只红宝石的匣子，凭借着珠光宝气抚慰他那破碎了的痛苦心灵。

"我今天有件大事要求你，"他说着将他的这些纪念品满意地装回到衣兜里，"所以我觉得你应该知道一些我的身世。我并不想让你认为我是个无足轻重的人。你知道，我常常处在陌生人中间，是因为我想凭借这到处的漂泊，来忘掉那件痛苦的事情。"他迟疑了一下，"今天下午你就知道是什么事了。"

"午饭的时候？"

"不，今天下午。我碰巧发现你要带贝克小姐去喝茶。"

"你的意思是说你爱上贝克小姐了？"

"不，伙计，我没有。只是贝克小姐已经好心地同意由她来向你讲这件事。"

对"这件事"的内容我丝毫也猜想不出，不过，说我感兴趣倒不如说我对它恼火。我请贝克小姐喝茶可不是为了讨论盖茨比先生的事。我敢肯定他请求我做的准是什么荒诞不经的事情，有一会儿我真后悔我竟然将脚踏在他那众人乱踩的草坪上。

他不愿再多说一句。在我们快要进入市区时他又恢复了他那一本正经的模样。我们驶过了罗斯福港，那里停泊着许多装饰有红色条带的远洋货轮；然后又加足马力沿着贫民区的碎石车道行驶,路两边林立着的是十九世纪建造的、

_____
①系牛津大学分院之一。

其镀金已经褪了色的阴暗潮湿的旅馆；接下来便是死灰谷从两边涌入我们的眼帘，过了一会我瞥见威尔逊夫人正在油泵旁气喘吁吁地为汽车加油，她的全身还是那么富有活力。

汽车的挡泥板像翅膀一样展开着，我们的汽车闪映着阳光走过了阿斯托里亚的一半里程——仅仅是一半，因为正当我们在高架铁路的支柱中间蜿蜒行驶时，我听到了摩托车的"突突"声，有一个警察急速赶到了我们旁边。

"嗨，老伙计。"盖茨比喊道。我们的车子放慢了速度，盖茨比从钱夹里掏出一张白色的卡片，在那个人的眼前晃了一晃。

"好了，谢谢，"警察说，一边用手将帽子往上戴了戴，"下次就认识您了，盖茨比先生。请原谅！"

"那是什么？"我问，"是牛津的那张照片吗？"

"我曾帮当地专员做过一件事，以后他每年都送我一张圣诞节贺卡。"

在大桥上，阳光穿过桥面的梁架斑斑驳驳地泻在来往的汽车上，使其不断发出星星点点的光芒；河对岸一群一群、一块一块的白色建筑使对岸的城市显得骤然间高出许多。从昆斯大桥上望去，你总好像觉得是第一次见到这座城市，它也是第一次将世上一切秘密和美好事物的憧憬，迷乱地呈现给你。

一辆装着死人灵柩、上面堆着鲜花的车从我们旁边驶过，后面跟着两辆拉下窗帘的马车和一串载着宾朋的轻便马车。宾朋们从车上用悲哀的目光望着我们，他们的眼睛和短短的上嘴唇酷似欧洲东南部一带的人，我很高兴盖茨比这轿车的豪华气派能融入这送葬队伍的肃穆气氛里。当我们横穿过布莱克威尔岛时，一辆车前有遮阳的轿车超过了我们，那司机是个白人，车里坐着三个衣着很入时的黑人，两个男的陪伴着一个姑娘。当我看到他们翻着白眼珠嫉妒地注视着我们时，我放声大笑了。

"既然我们已经过完了这座桥，那么现在一切事情都可能发生，"我想，"一切的一切……"

毫无疑问，就是对于盖茨比来说也不例外。

一个喧嚣燥热的中午，我到四十二大街一家通风设备很好的餐厅赴盖茨比的午饭之约。躲开了街外刺目的阳光，我的眼睛在接待室的暗处里隐约看到了他，他正在和一个人谈话。

"喂，卡拉威先生，这是我的朋友沃尔夫西姆先生。"

这位个子不高、平扁鼻子的犹太人抬起了他的大脑袋注视着我。他的两个鼻孔里密密麻麻地长满了鼻毛。片刻之后，我才在这较暗的光线中看到了他的那双小眼睛。

"于是我盯了他一眼，"沃尔夫西姆说着，热烈地握着我的手，"你想我是怎么做的？"

"什么？"我很客气地问。

但是，很显然他这话不是跟我说的，因为他松开了我的手，他那很富于表情的鼻子对着盖茨比。

"我把钱交给了卡兹堡，并对他说：'好吧，卡兹堡，就这么办，他如果不住嘴的话就一个子儿也不给他！'于是那家伙就乖乖地闭上了嘴巴。"

盖茨比挽起我们一人一只胳膊朝饭厅里走，沃尔夫西姆本想说什么，于是也就只好咽回到肚子里。随后他便沉入到了一种梦游者的无表情状态中。

"要冰威士忌苏打吗？"侍者问。

"这是一家不错的饭店，"沃尔夫西姆说，眼睛仰望着天花板上宗教传说中的女神像，"不过，我更喜欢街道对面的那一家。"

"好的，冰威士忌苏打，"盖茨比说，末了转向沃尔夫西姆先生，"那边的那一家太热了。"

"是的，又热又小，"沃尔夫西姆说，"可是却充满了令人难忘的记忆。"

"那是什么地方？"我问。

"老都会餐厅。"

"老都会餐厅，"沃尔夫西姆不无感伤地凭吊起来，"充满着离去和死去的人的面孔，充满着对永远离去的朋友们的回忆。我到死也不会忘记他们枪杀罗西·罗森塞尔的那天晚上。我们六个人围坐在桌子旁边，整个晚上罗西都一直在吃喝。几乎快要到黎明的时候，饭店侍者带着一副讨好的面孔走上前来对他说，外面有人想找他说句话。'好的。'罗西说，一边站起身来，我把他又拉回到椅子上。

"'如果他们想跟你说话，让这帮杂种到这儿来，罗西，看在我的分儿上，你不要离开这个房间。'

"那时已是凌晨四点钟了，要是我们拉起窗帘，一定可以看得到鱼肚白的亮色了。"

"他出去了吗？"我真诚地问。

"当然，他去了。"沃尔夫西姆的鼻子愤怒地朝我晃着。

"他走到门口时，回过头来说：'不要叫侍者把我的咖啡端掉！'然后他就走到了外面的便道上，他们朝着他的肚子连开了三枪，然后驾车跑了。"

"他们中间的四个人坐了电椅。"我想起了这件命案后说。

"五个，还有贝克尔。"他朝天的鼻孔饶有兴味地转向了我，"我知道你正在找一个生意上的关系。"

这前后的两句话并列在一起说出，使人觉得毛骨悚然。盖茨比替我回答说：

"噢，不，"他激动地喊道，"他不是那个人。"

"不是？"沃尔夫西姆先生似乎显得有些失望。

"他只是我的一位朋友。我早就告诉过你，那件事我们以后找个时间再谈。"

"请原谅，"沃尔夫西姆先生说，"我弄错人了。"

一盘鲜嫩的炒肉丁端上来，沃尔夫西姆先生顿时忘掉了老都会餐厅那件伤感的往事，开始津津有味地大吃大嚼。同时，他的一双眼睛在慢慢地扫着屋子——最后转过身去查看了紧跟在他身后的人，完成了他的这一圈巡视。我想，当时要不是我在场，我们吃饭的那张桌子底下也会被他瞥上一眼的。

"喂，老伙计，"盖茨比向我俯过身来说，"今天早上在车里，我恐怕让你生气了吧？"

又是那样一种理解的笑，不过这一次我可没有吃他的这一套。

"我不喜欢神神秘秘的，"我回答说，"而且我不明白你为什么不能坦率地面对我，告诉我你想让我做的事。为什么非得通过贝克小姐来转达呢？"

"哦，这绝不是什么见不得人的事，"他对我担保说，"贝克小姐是一位了不起的运动员，她绝对不肯做什么不对的事情。"

说到这里他突然看了一下自己的手表，一下子跳了起来，匆匆忙忙地离开了房间，留下我和沃尔夫西姆先生两人在餐桌那儿。

"他得去打个电话，"沃尔夫西姆说，一边用眼睛追随着盖茨比的背影，"很帅的年轻人，不是吗？长得英俊，是个十全十美的男子汉。"

"嗯，是的。"

"他是牛津人。"

"噢！"

"他上过英国的牛津学院。你知道牛津学院吗？"

"听说过。"

"那是世界上最著名的大学。"

"你认识盖茨比很长时间了吗？"我问。

"有几年了，"他颇为得意地回答，"战争刚刚结束我就有幸认识了他。在跟他聊了一个小时以后我便知道我结识了一位非常有教养的人。我对自己说：'他才是你愿意带回家去介绍给你母亲和妹妹的那种人。'"他停了一停，"我看出来了你在瞅我袖口上的纽扣。"

我在这之前并没有注意它们，现在我看到了。它们是那种好像见过可样子又很奇特的象牙纽扣。

"它们是用人的臼齿做成的。"他告诉我说。

"啊！"我仔细端详起来，"你这想法很有趣。"

"是吧。"他把衣袖缩回到了上衣下面，"嘿，盖茨比对女人从不沾边儿。连对朋友的妻子他都从来没有正眼看过。"

在这位第一次见面便得到沃尔夫西姆先生信任的人儿又回到桌前坐定了的时候，沃尔夫西姆一口吞下了他的咖啡，站了起来。

"我已经吃饱喝足了，"他说，"我得赶快离开你们这两位年轻人，否则你们就该讨厌我了。"

"不要着急，梅尔。"盖茨比淡淡地说了一句。沃尔夫西姆举起手来表示谢意。

"你们两人都温文尔雅，我是属于另一个时代的人，"他一本正经地说道，"你们俩坐着吧，坐着谈论你们喜好的运动和年轻女人，谈论你们的……"他又挥了一下手，等于是代替了那个未说出的词语，"而我呢，已经五十岁了，所以我不愿再坐在这儿妨碍你们。"

当他和我们握手告别时，他那表示出悲哀神情的鼻子在战栗着。我不知道我是不是说错了什么得罪了他。

"他有时候会变得多愁善感起来。"盖茨比解释说，"今天又是他这样的一个日子。他在纽约也是个颇有名气的人——百老汇的地头蛇。"

"可是，他是干什么的，一个演员？"

"不是。"

"一位牙科大夫？"

"梅尔·沃尔夫西姆？不，他是一个赌徒。"盖茨比在迟疑了一会儿后又不经意地加了一句，"他就是一九一九年在幕后操纵了世界棒球联赛的人。"

"幕后操纵了世界棒球联赛？"我重复着。

这话使我大吃了一惊。当然啦，我也曾记着一九一九年的世界棒球联赛是被人操纵了的，可是假如我当时思考过这件事的话，我也会认为这仅仅是一件发生过了的事，是一系列环节上的一个必然结果。我从来没有想到过，一个人便能挑起这桩玩弄了五千万人民信念的事端——就像一个窃贼单枪匹马轻易地撬开了保险柜一样。

"他是怎么碰巧能干成这件事的呢？"过了一会儿我问。

"他只是发现了一个机会。"

"他为什么没有进监狱？"

"他们抓不到他，伙计。他是个机灵人。"

我一味坚持饭钱由我来付。在侍者给我找钱的当儿，我忽然瞥见了汤姆·布坎恩走进这拥挤的餐厅里。

"稍等我一会儿，"我对盖茨比说，"我得和一个熟人打个招呼。"

当汤姆看到我们的时候，他跳了起来，急着大步朝我们这边赶。

"你这一阵子去哪儿啦？"他急切地追问着，"你没有来电话，黛西很生气。"

"这位是盖茨比先生，布坎恩先生。"

他们俩略微地握了一下手，盖茨比的脸上出现了一种异样的不自在神情。

"你近来好吗？"汤姆问我，"你怎么跑这么远来吃饭？"

"我是在和盖茨比先生共进午餐。"

我转向盖茨比先生，可他已经不在那儿了。

那是一九一七年十月里的一天——

（那天下午我和乔丹·贝克来到普拉兹饭店的茶园里，她直挺挺地坐在一个带直靠背的椅子里，说起了往事。）

我正走着要到一个地方去，我一会儿走在便道上，一会儿走在草坪里。踏在草坪上我更觉得高兴，因为我穿着一双英国鞋，鞋底上有突出的橡胶小圆球，深深地踩进软软的草地里，真有一种说不出的舒服感觉。我还穿着一条新的花格呢裙子，不时被风吹得撩了起来，每当有风吹起我的裙子，在一路房屋上插着的红、白、蓝等色的旗子便飘展开来，不高兴地发出"呼啦，呼啦"的声响。

这一带旗子最大、草坪最阔的，就数黛西·费伊家了。她那时刚十八岁，在路易斯维尔的年轻姑娘里最出名。她喜欢穿一身白色的衣服，自己有一辆白色的微型轿车，在她家里，找她的电话整天价响个不停，泰勒军营里的许多年轻军官都迷上了她，纷纷来电话要求晚上由自己作陪："哪怕一个小时也好！"

那天早晨当我走到她家对面的时候，我看见她的白色小汽车就停在路边，她正跟一个我以前从来没有见过的中尉军官坐在车里。两人正卿卿我我的，直到我离他们只有四五步时，黛西才看到了我。

"嗨！乔丹，"她这时能喊我，出乎我的意料之外，"请过这里来。"

我心里很高兴她愿意和我说话，因为在所有比我年长的女孩里我最佩服的就是她。她问我是不是要到红十字会去做绷带，我说是的。"哦，那么我能不能告诉他们，她今天去不了了？"她说。在她说话的时候，那位军官用每个年轻姑娘有时都会喜欢的那种目光望着黛西，因为这种情景在我看来很罗曼蒂克，所以这件事就牢牢地印在我的脑子里了。他的名字叫杰伊·盖茨比，我有四年的时间没有再见过他——甚至我在长岛上见到他的时候，我也没有能认出他就是当年的那个盖茨比。

那是一九一七年的事。过了年以后我也有了几个男朋友，又开始参加比赛，因此也就不常看到黛西了。她和年龄大的男人们一起出去——如果她还要人伴着她的话。四处传开了有关她的风言风语——在一个寒冬的夜晚她正要打起背包到纽约为一个到海外打仗的士兵去送行的时候，她母亲发现了她，而且最终阻止了她的这趟旅行。为此，她有好几个星期没和家里人说话。以后她就不再和军人们一起游玩了，

而只和城里的几个扁平足、近视眼的青年人在一起，这些人根本到不了部队里。

到了第二年的秋天，她又快活了，像从前一样地快活。停战以后她开始进入社交界，在二月份她与新奥尔良的一个男人据说是订了婚。到了六月份时，她却嫁给了芝加哥的汤姆·布坎恩，那婚礼的豪华和隆重是路易斯维尔人以前从来没有见过的。他用自己的四辆车从芝加哥带来了一百多号人，真可谓前呼后拥，租了希尔巴奇旅馆的整整一个楼层。结婚的前一天他送给了她一串价值三十五万美金的珍珠项链。

我是黛西的伴娘。在婚宴开始的半小时之前，我走进她的房里，发现她穿着华丽的衣饰躺在床上，那可爱样子就像是六月的夜晚——她已喝得醉醺醺的。她一只手里拿着一瓶白葡萄酒，另一只手里捏着一封信。

"为我祝贺，"她嘟嘟嚷嚷地说，"以前从来没沾过一滴酒，啊，可我现在一下子喝了个够。"

"你怎么啦，黛西？"

我当时吓坏了，这是实话，因为在这以前我还未见过一个姑娘喝成这个样子。

"过来，亲爱的。"她在一只她刚刚放在床上的废纸篓里翻腾着，拉出一串珍珠项链，"把它拿下楼去，送还给那个项链的主人。告诉他们黛西已经改变了主意。说：'黛西已经改变主意了！'"

她开始痛哭起来——不停地哭呀哭。我冲出屋子找到了她母亲房间的女用人，我们俩把门从里面锁上，给她洗了个凉水澡。她硬是不丢开她手里的那封信，将它带到浴盆里，一直握在手中攥成了一个湿漉漉的纸球，直待她看到它已碎成了雪花似的小纸片，她才让我把它放进到肥皂盒里。

她再也没有说一句话。我们给她服了含氨药剂，把冰块敷贴在她的脑门上，哄着她重新穿好了衣服。半个小时以后，当我们从她屋子里走出来时，项链好好地戴在了她的脖颈上，风波过去了。第二天早晨五点钟她毫不踌躇地嫁给了汤姆·布坎恩，并跟他开始了到南太平洋一带的三个月的旅行。

在他们俩度蜜月回来之后，我在圣巴巴拉①见到过他们，我想我从来还没有见过一个女孩子这样痴情于她的丈夫的。只要他离开房间一分钟，她就会不安地四下张望，问："汤姆哪儿去了？"她脸上那副惆怅的表情直待他回来才能散去。她常常几个小时地坐在沙滩上，他的头枕在她的膝上，她用手指轻轻地摩挲着他的眼睛，一面无限喜悦地注视着他。看到他们俩在一起的情景，真令人感动——它能叫你陶醉了似的轻轻地笑出声来。那是在八月份。在我离开圣巴巴拉的一个星期以后，汤姆于一天晚上在文图公路上开车撞了一辆货车，他汽车的前轮子掉下来一个。跟他在一起的那个女孩也上了报纸，因为她的一只胳膊摔断了——是圣巴巴拉饭店住宿部的一位服务员。

转过年的四月，黛西生了个女孩，他们俩便到法国住了一年。春天的时候，我曾先是在戛纳②后来是在多维尔③见到过他们，后来他们就回到芝加哥定居了。你也知道，黛西在芝加哥是出了名的。他们与一帮寻欢作乐的人混在一起，这帮人都年轻、富有、放荡不羁，可是她却能出于污泥而不染，落得一身好名声。这或许是她不喝酒的缘故。混在一群酒徒之中而不沾酒，这便是一个极大的有利条件。不该说的话你能够不说，而且，你能够巧妙地做一些小小的破格行为，而别的人都喝得懵懵懂懂的，看不见或是视而不见。也许黛西从来没有跟别的男人调情卖俏过——可是她那特有的嗓音却自有动人之处……

①位于美国加利福尼亚的海滨旅游胜地。
②法国南部海港，旅游疗养胜地。
③法国西北部旅游胜地。

　　哦，大约是在六个星期之前，她几年来第一次听到了盖茨比这个名字。就是我问你——你还记得吗？——你是否认识住在西卵的盖茨比的那一次。在你回去后她就来到我的房间，喊醒了我问："是什么样的一个盖茨比？"当我给她描述了一番以后——我还打着盹儿——她用一种很奇怪的声音说那一定是她从前认识的一个男人。直到那个时候我才恍然大悟，这个盖茨比就是坐在她白色小轿车里的那个年轻军官。

　　当乔丹·贝克讲完这一切的时候，我们已经离开了普拉兹饭店半个小时，正乘着一辆四轮敞篷马车穿过中心公园。太阳已经西沉到了西五十大街上电影明星们休憩的高楼后面，小姑娘们已像蟋蟀一样聚集到了草地上，她们清脆的嗓音响彻在还散发着余热的暮霭中间：

　　　　我是阿拉伯的酋长，
　　　　你的爱情由我独享。
　　　　当你夜晚进入梦乡，
　　　　我便溜进你的闺房……

　　"这是一种奇怪的巧合。"我说。

　　"可这根本不是巧合。"

　　"为什么？"

　　"盖茨比买下那所房子，不就能和黛西隔湾相望了吗？"

　　这么说来，在六月里的那天夜晚，盖茨比所望着的不仅仅是天上的星星了。从他那毫无目的追求华丽排场的迷津中一下子摆脱出来，盖茨比在我的面前便成了一个活生生的人。

"他想知道，"乔丹接着往下说，"哪天下午你是否能把黛西邀请到你的住所，然后让他也过来。"

我万万没有想到他求我做的就是这么一点小事。他整整等了五年，买下了一幢宫殿似的住宅让陌路人在这里恣意寻欢挥霍——就是为了有一天下午能够"走进"一个陌生人家的花园里来。

"难道非得在我知晓这一切之后，他才恳求我帮他做一件这样的小事吗？"

"他怕万一，他已经等待了这么久。他担心你会见怪的。你知道，骨子里他是个非常倔强的人。"

有些事我还是百思不得其解。

"为什么他不叫你安排这次见面呢？"

"他想让她看看他的住宅，"她解释说，"而你的房间就在他隔壁。"

"噢！"

"我想，他原以为她可能会在哪个晚上偶尔走到这晚会上，"乔丹说，"可是她没有。然后他就开始向人们随意地打听他们是不是认识她，我是他发现的第一个认识黛西的人。在那天的舞会上他派管家来找我，我去了他那儿后，他费尽心思周旋了好一阵子才谈到正题。当然啦，我立刻很痛快地建议说让他们上纽约去吃顿午餐——我觉得他当时听了这话急得都要疯了：

"'我不愿做任何一件越轨的事情！'他坚持着他的意见，'我就想在我的隔壁见见她。'

"在我说到你是汤姆的好朋友时，他差一点儿打消了这全部的念头。他对汤姆了解得并不多，尽管他说几年来他一直读着一份芝加哥的报纸，想着偶尔能在上面看到黛西的名字。"

此时，天已经黑了，当我们的马车下行到一座小桥下面的时候，我伸出胳膊搂住了乔丹那裸着的膀子，让她贴近到我的身边，向她提出了一起吃晚饭的请求。倏然之间我不再想黛西和盖茨比，只想着我身边的这个身材匀称、丰满而又结实的姑娘，她在我的膀臂中快活地轻轻地依偎着（当然她也不是没有毛病，她对世界操着一种怀疑主义的态度）。一句熟悉的话语带着一种微醉的和激动的力量开始响在了我的耳边："世界上只有被追求者和追求者，忙碌者和疲惫者。"

"黛西在她的生活中应该有些充实的东西才好。"乔丹轻柔地对我说。

"她想见盖茨比吗？"

"这件事事先不告诉她。盖茨比不愿意让她知道。你只管请她来喝茶就行了。"

我们的车子走过了一片黑黝黝的林子，然后进到第五十九大街的街面上，在那一边有一片柔和姣好的灯光俯照在公园里。和盖茨比与汤姆·布坎恩不一样，我没有那种徘徊在黑暗的屋檐下和炫目的招牌下、连脸面也看不清的姑娘等着我，所以我把我身边的姑娘拉近了些，抱紧了她。她那淡淡的孤傲的双唇笑了起来，于是我将她搂得更紧，这一次脸儿贴着了脸儿。

chapter 05

·第五章·

那天晚上当我回到西卵的时候，我有一刻真担心我的房子是着火了。那时已是深夜两点钟，小岛的这半边被映得通明。这光梦幻般地照在灌木丛里，照在马路旁的电线上拖出长长的闪光。在我拐过一个弯儿的时候，我才发现这是盖茨比的宅邸，从塔楼到地下室整个儿都点亮了起来。

起初我以为这是举办的又一个晚会，一阵尽兴的狂欢过后开始改变了形式，做起了"猫捉老鼠"或是"瓮中捉鳖"的游戏，所以才会是现在的这般模样。但是这里却没有一丁点儿的声音。只有林子里的风声，它把电线吹得来回地晃动，使灯光也变得摇曳起来，仿佛整幢房子都在眨巴着眼睛。在我雇的出租车离去以后，我看见盖茨比穿过他的草坪向我这边走来。

"你这地方像是举办着一个世界博览会。"我说。

"像吗？"他心不在焉地朝它看了看，"我刚才一直在查看一些房间。我们现在去康尼岛好吗，伙计？用我的车。"

"太晚了。"

"那么，我们去游泳池玩玩水怎么样？我整个夏天还没有用过它呢。"

"我得去睡觉了。"

"好吧。"

他开始等在那儿，用一种被压抑着的急切神情望着我。

"我已经和贝克小姐谈过了，"过了一会儿后我说，"明天我就给黛西打电话，邀她过这儿来喝茶。"

"哦，好吗？"他不在意地说，"我并不想给你增加任何麻烦。"

"你觉得哪一天好呢？"

"是你觉得哪一天好呢？"他很快地纠正我说，"我不想给你造成任何麻烦，你明白吗？"

"后天怎么样？"

他考虑了片刻，然后略带着些勉强说：

"我想叫人把草坪修剪一下。"

我们俩一起望着草坪——这儿有着一条明显的分界，把我这乱糟糟的草地和他那油亮而又整齐的草坪区别开来。我猜想他指的是我的。

"这儿还有一件小事情。"他踌躇了一会儿后犹豫地说。

"你可不可以过几天以后再说呢？"我问。

"噢，这完全是另一码事。至少……"他一时竟不知怎么开口说才好，"哦，我想……哎，瞧，老伙计，你赚的钱并不很多，对吗？"

"不是很多。"

这似乎给了他一些勇气，他再往下说的时候就自信多了。

"我想你也挣得不多。如果你原谅我的——你知道，我还兼做着一些小生意，一种捎带，你也明白。我想如果你挣得不是很多——你是在做债券推销的生意，对吗，伙计？"

"在试着做。"

"哦，这也许会叫你感兴趣的。它不会花费你很多的时间，你便可以得到一笔数目可观的钱。这工作碰巧是颇需要保密的那一种。"

我现在回想起来，如果那次谈话是发生在另外的一种场合，它也许会成为我生活中一个重要转折点。但是，因为当时他是明显地毫无隐晦地作为一种对我的报答而提出的，所以我除了拒绝，别无选择。

"我现在很忙。"我说，"我非常感谢，只是我实在顾不过来。"

"你不必和沃尔夫西姆有任何业务上的关系。"显然他以为我是在躲避那天吃午饭时提到的那个"关系"，不过我肯定地告诉他不是因为这个。他又等了一会儿，希望我再谈起点什么，可是我光顾想着自己的事，已无心再聊，于是他便怏怏地离去了。

和贝克小姐一起度过的这个傍晚使我觉得十分快活，甚至有了点飘飘然的感觉！我想我一进家门便倒头进入酣睡之中了，所以我不知道盖茨比是不是去过康尼岛，或者是不是在他那宅子里的耀眼灯光下一连许多个小时地"查看着他的房屋"。第二天早上我从办公室给黛西打了电话，请她过来喝茶。

"不要叫汤姆一起来。"我警告她说。

"什么？"

"不要带汤姆来。"

"谁是'汤姆'？"她讨趣地问。

约好的那一天正巧下起了大雨。在上午十一点钟的时候，一个穿雨衣的男子拖着一台辗草机来敲我的门，说是盖茨比先生派他来修整我的草坪。这倒使我想起我忘记了告诉我的芬兰女用人今天来我这里，于是我开车到西卵村里，在泥泞的、两边刷着白灰的街巷里去寻找她，稍带买回一些杯子、柠檬和鲜花。

　　这些花儿买得没有必要，因为在两点钟的时候，整整一个暖房从盖茨比那边被搬了过来，这些鲜花装在数也数不清的花盆里。一个小时以后，我的前门被颤巍巍地推开了，盖茨比身着白色的法兰绒套装、银色的衬衣和金黄色的领带，匆匆地走了进来。他的脸色苍白，眼睛周围有因失眠而形成的黑圈。

　　"一切都好了吗？"他一进门就即刻问。

　　"草坪显得整齐多了，如果你问的是这个。"

　　"什么草坪？"他茫然地说，"噢，说的是你院子里的草坪。"他朝窗子外面望着它，不过从他的表情上判断，我相信他什么也没有看见。

　　"很好，"他含糊地说，"一家报纸上说雨在四点钟会停。我想那是《纽约时报》。你做茶点需要的东西都有了吗？"

　　我把他领进食品间，在那儿他用略带些不满的眼光看了看我的用人。我们还一起查看了从熟食店买来的十二个柠檬饼。

　　"这些可以吗？"我问。

　　"当然，当然！它们挺好！"他言不由衷地说，"……老伙计。"

　　大约在三点半钟的时候，雨下小了，渐渐地变成了湿湿的雨雾，在这霏霏的雾气中间，零星的小雨点像露珠一般飘荡着。盖茨比惶惶然地翻着一本克莱的《经济学》，听到踩在厨房地板上的芬兰女用人的脚步声也能把他惊上一跳，他还不时地从滴着雨水的窗户上偷眼往外瞧，仿佛外面在发生着一连串肉眼看不见但却令人震惊的事情。最后他立起身子，迟疑着对我说他要回家了。

　　"你这是怎么啦？"

　　"没有人会来喝茶了。时间太晚了！"他望着他的手表，好像其他什么地方有急事要他去办似的，"我不能一整天都等在这里。"

　　"不要说傻话，现在还差两分钟才四点呢。"

他痛苦地又坐下了，仿佛是我推了他一把似的。就在这个时候，汽车的马达声传进我的巷子里面。我们两个一起跳了起来，我慌乱地跑出到院子里。

受着路旁滴着雨滴还没结出花蕾的丁香树的荫庇，一辆大型的敞篷轿车顺着便道驰过来，停住了。黛西戴着一顶淡紫色的三角帽从汽车里面斜着脸儿瞧着我，脸上浮现出娇艳的勾人心魄的笑容。

"这就是你住的地方吗？我亲爱的？"

她那撩人心意的嗓音便是这雨景中的主音调。我的耳朵竟有一会儿只追随着这声音的高低抑扬而没有把它的词儿听进去。一缕湿湿的秀发像一抹彩笔画出的青色拂在她的面颊上，在我拉着她的手扶她下车的时候，她的手臂上还滚动着晶莹的水珠。

"你是不是爱上我了？"她在我耳边低低地说，"不然的话，怎么非得叫我一个人来呢？"

"这是雷克兰特古堡①的秘密。叫你的司机走开，过一个小时再回来。"

"去吧，弗迪，过一个小时再回来。"然后她悄悄地煞有介事地对我说，"他的名字叫弗迪。"

"是不是汽油影响到了他的鼻子？"

"我想没有，"她不解其意地说，"你为什么这样想呢？"

我们一起走进屋里。令我感到不胜惊讶的是，起居间的人没有了。

"哦，这倒蛮有趣的。"我不由大声说。

"怎么回事？"

她转过头去，前门那边响起轻叩的可又很庄重的敲门声。我走出去开门，

---

①《雷克兰特古堡》是十八世纪小说家埃奇沃思所著的恐怖神秘小说。

原来是盖茨比。只见他面色像死人一样灰白，两只手插在衣兜里像装着什么重物似的，站在一摊雨水里，眼睛悲哀地望着我。

他踉踉跄跄地经过我的身旁，两只手仍然插在衣袋里，向大厅里走，像踩在一根钢丝上似的急速地拐过了弯，消失在起居间里。这情景一点儿也没有趣了。我感觉到自己的心跳也在加快，我关上了门，把又下大了的雨挡在了屋外。

有半分多钟没有一丁点儿声响。末了，我听见从起居间里传出一种像是窒息住的低语声和笑声，然后便是黛西那清晰的做作的嗓音。

"能再一次见到你，我真是万分地高兴。"

随后，又是一阵令人心悸的沉默。我在大厅里没事可做，于是也走进到屋子里。

盖茨比正倚着壁炉站着，他的两只手仍然插在口袋里，面上强装出一副十分自如甚至是厌倦的表情。他的头使劲儿朝后仰着，靠在了壁炉架上的那只老掉了牙的钟表盘上，从这一位置他那双魂不守舍的眼睛朝下注视着黛西，而此时的黛西则直直地坐在一把椅子边上，显出了些许的惶恐，可又保持着优雅的风度。

"我们以前曾见过面。"盖茨比喃喃地说。他的眼睛看了看我，嘴角想露出笑来却未能成功。碰巧这个时候那只老钟受着他头部的压力一下子倾斜下来，他赶忙扭过身去，用颤巍巍的手指抓住了它，将它放回到了原来的位置。然后他坐下，胳膊肘僵直地支在沙发的扶手上，用手托着下巴。

"对不起，我碰了你的钟表。"他说。

我自己的脸现在像是被热带的太阳灼烧着一样。肚子里虽有千万句的客套话，可一句也倒不出。

"那是一架老钟了。"我傻傻地对他们说。

我想我们当时在那一瞬间都以为那只表已经掉在地上摔成碎片了。

"我们有好多年没见面了。"黛西说，她的声音极力保持着一种叙说事实的平淡语调。

"到了十一月份就是五年整了。"

盖茨比这一不假思索的回答，又使我们大家至少感到片刻的尴尬。万般无奈时我建议他们一起到厨房里帮我煮茶。他们刚刚站起来要去，结果倒霉的女用人拿着托盘将茶点送了进来。

在这热烈的杯盘碰撞和柠檬饼的咀嚼中间，一种表面上的平和气氛暂时形成了。盖茨比自己躲在一个角落里。当我和黛西谈话的时候，他便用那种紧张的怏怏不悦的眼神从我们这一个仔细地看到另一个。不过，因为保持平静毕竟不是最终目的，所以我赶紧借机找了个理由，站起身来。

"你要去哪儿？"盖茨比立即惊恐地问。

"我一会就回来。"

"在你走之前，我有点事得跟你说。"他慌乱地跟我到了厨房，关住了门，轻轻地然而又是痛苦地喊起来，"啊，上帝！"

"你怎么了？"

"这是个极大的错误，"他来回摇晃着他的脑袋说，"一个极大极大的错误。"

"你只是感到难堪罢了，仅此而已。"幸好我又很机巧地补充了一句，"黛西也觉得难为情。"

"她也难为情？"他不相信地重复着。

"跟你一样难为情。"

"不要说得这么高。"

"你简直像个孩子一样。"我不耐烦地说，"不仅如此，你还很鲁莽。黛西这一会儿一直一个人待在那里。"

　　他抬起手不让我再说什么，用一种令人难忘的责备神情看着我，末了小心翼翼地打开房门，又回到了起居间。

　　我从后门走了出去——就像半小时前他慌慌张张地从屋子后面溜出去又绕回到前面那样——跑到一棵黑黝黝的盘根错节的大树下面，它那丰茂的树叶构成了挡雨的屏障。雨现在又一次下大了，我那高低不平的草坪，尽管被盖茨比家的园丁修剪得很整齐，顷刻之间又布满小小的泥淖和原始的沼泽滩。在这棵树下眺望，除了盖茨比的宏大宅邸，简直没有什么可看的景致。于是我便睬视着它，像康德当年看那教堂的尖顶一样，足足有半小时之久。一个酿酒商在十年前"房地产热时期"建造了

这所住宅，据说他曾答应如果邻近农舍的主人愿意将他们的屋顶换上稻草，他将替他们缴付五年的税金。

或许是邻居们的拒绝使他想建立一个大家园的计划遭到了致命的一击——自此他便很快衰落颓废了。他的儿孙在门上还挂着吊丧他的黑色花圈的时候，就卖掉了他的这所房子。作为美国人，他们也许有时偶尔愿意去做做雇工，但是他们绝对不愿意做守田耕作的农民。

半个小时以后，太阳又照耀起来，商店的送货车行驶在盖茨比家的蜿蜒车道上，给他的仆役们送来了晚餐的菜料——我觉得他肯定不会进一口食的。一个女用人开始打开楼上的窗户，在每个窗户跟前闪现一下，最后停靠在了楼中央的一个带框的

大窗户前，往下面的花园里啐了一口，在想着什么心事。这是我该回去的时候了。在刚才下雨的当儿，那雨声似乎就像是他们的低语声，随着感情的迸发不时地抬高了音量。可是在这新的静谧当中，我觉得屋子里面也安静了。

——在厨房我尽可能大地发出了一些声响，就差把火炉子推倒了——可是即使这样，我也不相信他们听到了任何的声音。他们分别坐在沙发的两头，相互对视着，仿佛有什么问话刚刚提出或者正在问着，彼此之间那种难堪的表情已消失得无影无踪。黛西的脸上布着眼泪，在我进去的时候她一下子站起来，对着一面镜子用手绢擦起了脸。在盖茨比的身上也有了令人难以捉摸的变化：他面上发着光彩，尽管没有激奋的言谈举止，一种新的无限的幸福感洋溢在他的身上，也充溢着这个小小的房间。

"哦，喂，老伙计。"他打着招呼，好像他已经有几年没见着我了。在那片刻之间，我想他就差上来跟我握手了。

"雨已经停了。"

"停了吗？"当他领悟到我的话的意思并看到屋子里洒着的点点阳光时，他像个气象员似的笑了，仿佛是他魔术般地带来了现时的阳光，而且不停地把这个消息告诉黛西，"你觉得怎么样呢？雨已经停了。"

"我很高兴，杰伊。"她的嗓音里充满的那种悲喜交加、楚楚动人的力量，只是道出了她再次遇到盖茨比的意外喜悦之情。

"我想让你和黛西到我的房子那边去，"他说，"我很想领她到处看看。"

"你真的想叫我也去吗？"

"当然啦，老伙计。"

黛西上楼去洗脸——我想已经太晚，得委屈她用我那寒酸的毛巾了，盖茨比和我在草坪上等着。

"我的房子看上去不错，是吗？"他问，"你瞧整个房子的前面都能充分地接受到阳光。"

我同意道："它很美丽壮观。"

"是的。"他的眼睛扫视着这座巨宅，扫视着那些拱门和方塔，"我足足挣了三年的钱才买下这所房子。"

"我原以为你的钱是继承来的。"

"原来是这样，伙计。"他不假思索地说，"但是在那战争的恐慌岁月中我的钱大部分都散失了。"

我觉得他也不知道他自己在说些什么，因为当我问他在做什么生意时，他回答说"那是我自己的事"。话出口后他才意识到他回答得不妥。

"哦，我曾做过好几种生意。"他改口说，"我先做药材生意，后来又做石油生意。不过这两种生意我现在都不干了。"他注意地看着我，"你是不是想说你在开始考虑那天晚上我说的事情了？"

我还没来得及回答，黛西就从屋子里走了出来，她衣服上的两排铜扣在太阳下闪着熠熠的光辉。

"那边的那个巨大的宅第就是吗？"她用手指着大声问。

"你喜欢吗？"

"我喜欢，不过我不明白你孤零零的一个人怎么能在那儿住得惯。"

"我那里白天晚上有趣的客人不断。那些会逗趣取乐的人们，那些社会各界的名流。"

这次我们没有沿着桑德海湾去抄近路，而是走到了公路上，从后门走了进去。

黛西用她那动听的低语声，称赞着这座拔地而起的仿中世纪的建筑，赞赏着花园中的奇花异草——看那园中艳得像火似的黄水仙，山楂和李树花儿的团团锦簇，吻我草的略显淡的金黄色……它们个个争奇斗艳，竞吐芳香。当我们迈上大理石台阶时，我们奇怪地发现这儿没有漂亮衣裙出出进进的飘摆，没有任何的声响，除了林子里鸟儿的啭鸣声。

进到里面，当我们信步走过安托万内特①式音乐厅和王朝复辟时期式样的大客厅时，我仿佛觉得他的客人们就隐匿在沙发和桌子的后面，在我们通过之时遵守命令保持绝对的安静。在盖茨比关上"墨顿学院图书馆"②的门时，我敢发誓我听到了戴猫头鹰眼似的镜片的那个人在里面的窃笑声。

我们走到了楼上，看过了具有那一时代特点的卧室，里面都用玫瑰色和浅紫色的丝绸装饰过而且摆满了刚刚送来的鲜花，看过了那些化妆室、聚赌间和带有凹形浴盆的洗澡间——还闯进了一间寝室，里面有个男子穿着睡衣头发凌乱睡眼惺忪地在地板上做着保健体操。这便是那位绰号为"食客"的克利普斯普林先生。今天早晨我还看到他在海滩上懒洋洋地闲逛，最后我们来到盖茨比自己的房间，包括一个卧室、一个洗澡间和一个亚当式书房。在这里我们坐了下来，喝着他从壁橱里拿出的一瓶荨麻酒。

在这期间，他一直没有停止对黛西的注视，我想他是在根据从黛西那双可爱动人的眸子里所表露出的神情来重新评估他房里的一切。有时候，连他自己也在用一种迷惑的眼光打量着他的所有，仿佛她在这里的意想不到的存在使这里的一切都变得不再真实。有一次他几乎从一串楼梯上摔了下来。

他的卧室是所有屋子里摆设最简单的——除了梳妆台上装饰着一套纯金的洗漱用具之外。黛西高兴地拿起梳子，梳理起她的头发，这时盖茨比坐下来，

———————————

①玛丽·安托万内特：法国国王路易十六的王后，大革命中被推上断头台。
②墨顿学院为牛津大学的一个学院，以藏书丰富而闻名。

用手遮着眼睛，失声地笑了。

"这太有趣了，老伙计，"他激动地说，"当我要努力去做的时候，我却不能……"

他在情感上已经经历了两种可以察觉出的状态，现正进入了第三种。在经过一开始的局促窘迫和后来的发狂似的快乐之后，他已经被眼前的这一惊异感销蚀殆尽了。这个念头他已经孕育了这么久，一直梦想着而终于梦想到了它的实现，他紧咬着牙关——我们不妨这样比喻——一直等待着这一无法想象的情感高潮的到来。现在，面对这一时刻，他却像一架弦上得过于紧的钟表垮了下来。

在他稍微恢复了一下后，他打开了两个特制的大衣柜让我们看，里面堆着他数也数不清的衣服：睡衣、领带和衬衫，像砖石那样一摞一摞地垛了十几层。

"我在英国雇了一个人专门为我购置衣服。在每年春秋两季开始的时候，他便给我寄来他挑选好的精美服装。"

他取出一叠衬衫，开始在我们面前一件一件地打开它们：纯麻衫、厚绸丝衫、上好的法兰绒衬衣等一下子摊了满满的一桌，各种色彩应有尽有。这些衬衫，当它们展开落在桌子上时，它们的褶痕便马上消失了。在我们赞美的当儿，他又抱出更多质地更柔软华美的衬衫——衬衣的式样有条纹的、花饰的、方格的，色彩有珊瑚色的、苹果绿的、淡紫色的、浅橘色的，还有绣着他名字字头的深蓝色衬衣。看着，看着，黛西突然哽咽了一声，随之就把她的头俯在衬衣里失声恸哭起来。

"这是些多么美丽的衣服呀。"她啜泣着说，她的声音从厚厚的衬衣堆里发出来，显得有些瓮声瓮气的，"我心里很难过，因为我以前从来也没有见过这么……这么漂亮的衬衫。"

看过房子以后，我们本来还打算到庭院、到游泳池和水上飞机那里浏览一下，另外再看看仲夏盛开的各种花卉——可是不巧外面又下起了雨，于是我们三人站成一溜儿，看着窗外那桑德海湾里翻滚的波涛。

"如果不是因为有雾，我们可以看得见海湾对面你住的房子。"盖茨比说，"你家码头的尽头，有一盏绿色的灯光总是彻夜不息。"

黛西猛地用自己的胳膊挽起了盖茨比的，可是他好像完全沉浸在他刚才所说的话里而并没有察觉。也许是他蓦然想到了那一灯火的巨大意义现在已经永远地消失了。与从前相隔在他们中间的山山水水相比，这绿色的灯光似乎离她特别地近，几乎能碰触到她了。它就像月亮旁边的一颗星那样紧贴在黛西的身边。而现在它又仅仅是码头上一盏绿色的灯火了，他那心目中的宝物又减少了一件。

我开始在屋子里来回走动，看着在这朦胧的光里的各种模糊不清的物体。挂在他书桌上方的一张大照片吸引了我，照片上是一位老人穿着快艇驾驶服。

"这是谁？"

"他吗？他是丹恩·科迪先生，伙计。"

这名字听起来似乎有点耳熟。

"他现在已经死了。他从前一直是我最要好的朋友，那是许多年前的事了。"

在书桌上摆着一张盖茨比的小照片，也是穿着快艇驾驶服——盖茨比的脑袋倔强地向后仰着——看起来像是在十八岁左右拍的。

"我很喜欢这张照片。"黛西激动地说，"这种向上梳拢的发式！你从来没有告诉过我你梳过这种发式——或你有件快艇驾驶服。"

"看这里，"盖茨比很快地说，"这些从报上剪下来的东西都是关于你的。"

他们肩并肩地站着翻看这些东西。我正打算请他让我看看他的红宝石，突然电话铃响了，盖茨比拿起了话筒。

"是的……哦，我现在没有时间……我现在没有时间，伙计……我说过是个小镇……他一定知道一个小镇是什么……哦，如果他认为底特律是一个小镇的话，那么他对我们来说简直是个废物。"

他挂掉了电话。

"快到这儿来！"黛西在窗户那边喊。

雨还在下着，但西边天上的黑云已经开始散去，在那边的海面上出现了粉红色和金色的波状云团。

"瞧那儿。"她轻轻地说，过了片刻她又低语道，"我希望我能抓住这粉红色的云彩，把你放到上面，来回推着你玩。"

我想那个时候就走，可是他们不听；或许，我在这里使他们觉得更自如、更融洽。

"我知道我们现在该做点什么才好，"盖茨比说，"我们叫克利普斯普林先生为我们弹钢琴。"

他走出房去喊："埃温！"几分钟以后带回一个年轻人，这年轻人样子有点憔悴，戴着一副贝框眼镜，稀疏的金色头发，看起来还有一点儿不好意思。他现在穿戴得整洁了，上身是一件开领的运动衫，下面是一条颜色暗淡的帆布裤子和一双旅游鞋。

"我们打搅你做操了吗？"黛西客气地问。

"我在睡觉，"克利普斯普林先生一时手足无措地说，"我是说，我起先在睡觉，刚才我已经起来了……"

"克利普斯普林琴弹得不错。"盖茨比说，打断了他的话，"对吗？埃温，老伙计？"

　　"我弹得不好。我根本就……我几乎完全不弹了。我好久没练……"

　　"我们下楼去吧。"盖茨比没有等他说完。他按了一下开关，整座房子一下子变得灯火通明，刚才窗户上的灰暗阴影一下子消逝了。

　　在音乐厅里，盖茨比只打开了立在钢琴旁边的一盏孤零零的落地灯。末了他用火柴颤巍巍地给黛西点燃了香烟，然后和她一起坐在墙角的沙发上，在那儿除了借着地板从大厅里反射进来的些许光亮，便没有任何的灯光了。

　　在克利普斯普林弹奏《爱巢》的时候，他从凳子上转过身子，怏怏不乐地用眼睛寻找着黑暗中的盖茨比。

"我已经完全不练了，你瞧。我告诉过你我不行。我已经完全不再练……"

"不要多说，老伙计。"盖茨比命令道，"弹起来！"

> 在清晨
>
> 在傍晚
>
> 我们哪一刻
>
> 不在尽情游玩……

外面刮起了呼呼的风，从桑德海湾上空传来了隐隐的雷声，现在西卵的灯火都亮了起来；从纽约开来的满载着乘客的电机车在雨中风驰电掣般地驶过。这是一个人们在发生着深刻变化的时刻，空气中孕育着激奋之情。

> 人世只有此事最真
>
> 富人越来越富，穷人接代传宗。
>
> 就在此时，
>
> 在那时，在彼时……

当我走过去和他们告别的时候，我看到迷惑的表情又回到盖茨比的脸上，仿佛他对他现时的幸福之品质有了些许的怀疑。差不多五年了！就是在今天下午也一定有过这样的时刻，即黛西在某些地方偏离了他梦想中人儿的标准——这不是黛西的过失，而是因为他幻想的能力太强了。它超逾了黛西，超逾了一切。他怀着一种创造性的情感将自己全身心地投入到它的中间，不断地为它增添内容，用飘浮到他路上来的每一根漂亮羽毛去装扮它。有谁知道在一个人波诡云谲的心灵里，能蓄积下多少火一样的激情和新鲜的念头？

　　在我望着他的时候，他有意识地恢复了一下自己的情绪。他的手紧紧地握住了黛西的手。当黛西在他身边低低地说了些什么的时候，他面上露出一股激情，身子也转向了她。我想那声音充满着抑扬顿挫和撩人心意的温馨，一定最能牢牢地吸引住他，因为它不可能被幻想所超逾——那声音是一种不朽的歌。

　　他们两人已经把我忘了，只是黛西抬了抬眼，伸出一只手来；而盖茨比现在则是根本不知道我是谁了。我又一次望了他们一眼，他们也回看着我，被激烈的情感所占有，他们的目光显得那么遥远。随后，我走出屋子，步下大理石台阶进入雨中，留下他们二人在那里紧紧相依着。

chapter 06

·第六章·

大约就在这一时间，一个雄心勃勃的年轻记者有一天早晨专程从纽约来到盖茨比的门前，询问他是否有什么想要谈的话题。

"你想让我谈点儿什么呢？"盖茨比客气地问。

"哦……什么都可以。"

五分钟以后这团迷乱才算澄清了，原来在他的办公室里这位记者听说盖茨比这个名字和一件他不愿公开或是他不完全明白的事有联系。今天正好是他的假日，于是他一时兴起就匆忙赶来想"弄个明白"。

这只是随意的一击，可记者本能的感觉是对的。盖茨比的名声，经那些成百地受到过他款待因此而成为有关他的过去的知情人士的渲染传播，已经弄得满城风雨，就差见报了。当代的传闻诸如"通往加拿大的地下输油管道"等都与盖茨比的名字有了联系，还有一个一直传而不衰的轶事，说他根本就不住在房子里，而是住在一条酷似房屋的小船上，沿着长岛海岸秘密地来回往返。要说这些四起的传闻为什么对来自北达科他州的詹姆斯·盖兹而言是一种令他感到快意的东西，这可就不好说了。

詹姆斯·盖兹——这才真正是，或者至少法律上是他的名字。他在十七岁那年当美好前程的大门向他开启的那一重要时刻——那时他看到了丹恩·科迪的快艇在苏必利尔湖最险恶的滩头抛了锚——他改了名字。就是这个詹姆斯·盖兹穿着一件撕破了的绿色运动衫和一条帆布裤子，沿着海岸整整漂荡了一个下午，可是当他借到一只小船，划向"托洛恩"号告诉科迪风暴将要来临、半个小时之后他便会遭到厄运的时候，他已经是杰伊·盖茨比了。

我想就是在此之前，他一定早把这个新名字准备好了。他的父母是那种碌碌无为的庄稼人——他那丰富的想象力从来也没有真正地把他们当成是他的父母。长岛西卵上的杰伊·盖茨比，事实上是他对自我的柏拉图似的观念的产物。他是上帝之子——如果这一短语还有其他丰富含义的话，它在这里只用其本意——他要为天父的事业而献身，服务于这一博大而又粗俗、浮华而又美丽的事业。所以他想出了十七岁男孩所可能想出的一个杰伊·盖茨比的人物来，而且一直到死他始终忠实于他的这一信念。

有一年的时间，他在苏必利尔湖南岸一带艰难地漂泊，捞蛤蜊，钓鲑鱼或者干其他的杂活。他很早就了解了女人，由于她们宠他惯他，他开始变得看不起她们：他瞧不起年轻的处女，因为她们太无知；也瞧不起别的女人，因为在他以那种高度自我陶醉的心态看似理所当然的事情上，她们却能歇斯底里地发作起来。

但是他的内心世界却处在一种持续的骚乱和不安中。那些最为荒诞、最为异想天开的自负念头，一到晚上便萦绕在盖茨比的床头不肯散去。一个不可名状的华美世界在他的脑子里旋转着浮现出来，而与此同时时钟在脸盆架上滴滴答答地走着，月亮把他乱堆在地板上的衣服浸在它朦胧的光里。每天晚上，他都要给他的这些幻想中再增加进去些什么，直到想象中某一生动的景象被睡意完全吞没为止。在一段时间里，这些奇想为他的想象力提供了一个舞台；它们给出他一个令人满意的暗示即真实之中孕育着幻想，给出他一个憧憬即世界的坚实基础是安然地建在仙女的一只翅膀上的。

几个月之前，正是希冀着他的辉煌未来的这种本能，使他去到明尼苏达州南部路德教的一所小圣奥拉夫学院。他在那儿待了两个星期，为它对他的命运之鼓角及命运自身取一种刻薄的冷漠态度而感到沮丧，对于他为交付学费所干的看门房的活儿也充满蔑视。于是他又回到了苏必利尔湖，在四下寻找着，看有什么可做的事情。就是在这样的一天里，丹恩·科迪的快艇在沿岸的浅滩上搁浅了。

科迪那时已经五十岁了，他是自一八七五年以来的内华达银矿和育空地区多次掀起的淘金热的产物。在蒙大拿州的铜矿生意使他几乎成了一个亿万富翁，同时也锤炼出他那强壮的体格，可是他的性格却变得软弱起来。不少女人察觉出了这一点，于是她们千方百计想把他的钱弄到自己的手中。有一个叫作

埃拉·凯伊的女记者施展出曼特农夫人①的才能迷住了科迪，打发他乘游艇出海航行，这件事情已经成了一九〇二年被那些浮夸小报登滥了的消息。科迪沿着那些待他友好的海岸航行了五年之久，直到他作为詹姆斯·盖兹的命运之神出现在小女儿海湾。

对于手持船桨抬眼望着那围有栏杆的甲板的年轻盖兹来说，那个快艇便代表了世界上一切美丽和迷人的事物。我想他对着科迪一定微笑了——或许他已发现当他笑的时候人们特别喜欢他。不过科迪还是问了他一些问题（其中的一个引出了他的新名字），发现他脑子聪明而且抱负非凡。几天以后科迪带他去了德卢恩城，给他买了一件蓝色外套、六条白帆布裤和一顶游艇帽。当"托洛恩"号要到西印度群岛和巴巴里海岸航行时，盖茨比也跟船走了。

他以一种不太明确的私人身份被雇用着——和科迪在一起时他曾做过管家、大副、船长、秘书，甚至还是老头的监护人，因为清醒时的丹恩·科迪知道喝醉了的丹恩·科迪可能会做出什么放荡挥霍的行为，为了避免这样的损失，他越来越器重和信赖盖茨比。这样的工作他做了五年，在这期间游艇已经绕着美洲大陆航行了三圈。它也许会永远不停止地这样环绕下去，要不是因为埃拉·凯伊有一天夜晚在波士顿上了船，而在这一个星期之后丹恩·科迪便凄凉地死去了。

我还记得在盖茨比卧室的墙上挂着这位老人的照片，一个灰白头发、绅士派头的人，有一张冷酷而又空虚的面孔——一个放荡公子哥儿们的开路人，在美国社会生活的某一时期，他曾把边陲地区妓院和酒吧的那种纵欲无度的野蛮风气带回到东海岸一带。盖茨比几乎滴酒不沾，这与科迪有间接的关系。有

_____

①十七世纪法国国王路易十四的情妇。

时在快活的晚会上，女人们常常把香槟酒揉搓到他的头发上去；对他自己来说，他却养成了不喝酒的习惯。

正是从科迪那里他继承到了钱——两万五千美元的遗产。可是他并没有真正得到它。他从来也弄不明白用以反对他的法律手段是怎么回事，但是留下的几百万都被原封不动地给了埃拉·凯伊。他得到的是他所受的独特而又适当的教育；杰伊·盖茨比的模糊轮廓从此就成长为了一个有血有肉的人。

他是在很晚的时候才告诉我这一切的，我之所以把它放到这里来叙述，是为了推翻那些一直以来有关他的经历方面的流言蜚语，那些谣言没有一点儿真实的影子。更何况在他告诉我这一切的时候，我对有关他的事情已经到了什么也相信、什么也不相信的地步。因此我利用这个短暂的间歇时间，也就是说在盖茨比也喘息的当儿，把这些误解来澄清一下。

这也恰巧是我与盖茨比彼此往来上的一段间歇时间。有好几个星期我没见到他，也没接到他的电话——这一段时间我多在纽约，与乔丹在一起游玩，又极力讨好她那年老的姑妈——后来是一个星期天的下午我去了盖茨比家。我还没有坐够两分钟，就有人把汤姆·布坎恩带了进来说是要喝酒。我不由惊了一跳，不过真正叫人惊讶的是，这样的事以前还从来没有过。

他们有三个人，都是骑马来的——汤姆和一个叫斯洛恩的男子，还有一个穿褐色骑装的漂亮女人，她从前曾来过这里。

"很高兴见到你们，"盖茨比站在门廊里说，"很高兴你们能顺便来访。"

好像他们在乎他这一套似的！

"请坐。抽香烟还是抽雪茄？"他快步在屋里转着，按响了门铃，"饮料很快就给你们端上来。"

汤姆在他这里的这一事实深深地触动了他。在没有让他们吃喝上一些东西之前，他是不会安心的，他自己隐约地觉得这也许就是他们来这里的目的吧。斯洛恩先生什么也不要。来杯柠檬水？不，谢谢。一点儿香槟酒好吗？什么也不要，谢谢……我很抱歉——

"你们一路上骑得好吗？"

"这儿的路非常好走。"

"我想汽车也好……"

"当然。"

盖茨比不由自主地将身子转向了汤姆，汤姆进来时，是将自己作为一个陌生人行介绍之礼的。

"我想我们以前在什么地方见过面，布坎恩先生。"

"哦，是的，"汤姆客气中透出粗鲁，"我们见过。我记得很清楚。"

"大约是两个星期以前。"

"不错。当时你和尼克在一起。"

"我认识你妻子。"盖茨比几乎带点儿挑衅地继续说。

"是吗？"

汤姆此时转向了我。

"你就住在附近，尼克？"

"就在隔壁。"

"是吗？"

斯洛恩先生没有参加这场谈话，只是盛气凌人地仰进靠椅里；那位女子也没有吭声——直到两杯姜汁威士忌下肚后，她不知怎的突然变得健谈起来。

"我们都想来你的下一个晚会上看看，盖茨比先生，"她说，"你觉得怎么样？"

"当然可以，你们能来我不胜荣幸。"

"好的，"斯洛恩先生说，丝毫没有表示感谢的意思，"喂，我想，我们该回去了。"

"请不要急着走。"盖茨比急忙挽留说。现在他已经能控制自己，他想多了解一点汤姆，"为什么你们不留下——为什么你们不留下吃了晚饭再走呢？也许一会儿从纽约就会有人来了。"

"到我那里去吃晚饭吧，"那位女子热情地说，"你们两人都去。"

这一下把我也包括到里面了。斯洛恩先生立起身子。

"走吧。"他说——不过仅仅指她。

"我是真心诚意的，"她坚持说，"我喜欢让你们去。地方有的是。"

盖茨比询问似的望着我。他想去，可是他却没有看出斯洛恩先生已拿定主意认为他不该去。"我恐怕我不能去。"我说。

"那么，你来吧。"她敦促说，这次把目标对准了盖茨比一个人。

斯洛恩先生在她耳边喃喃地说了些什么。

"如果我们现在就走，我们不会晚的。"她固执地大声说。

"我没有马，"盖茨比说，"我在部队时骑过马，可我自己从来没买过马。我只好开车跟在你们后面。请等我一下。"

我们剩下的人走到门廊，在这儿斯洛恩和那位女子站在一边激烈地争论着。

"啊，上帝，我相信那个人一定会去的。"汤姆说，"难道他看不出她并不想带他？"

"她说真的想要他来。"

"她举办这么盛大的晚宴，他去到那里一个人也不认识。"汤姆蹙着眉头说，"我真奇怪他究竟是在什么地方遇见黛西的。唉，也许我的思想守旧，现在的女人到处乱跑，我可有点看不惯。她们去结识各色各样的混蛋。"

这时候，斯洛恩先生和那个女子突然走下台阶跨到了马背上。

"走吧，"斯洛恩先生对汤姆喊，"我们要晚了。赶快走吧。"然后他转向我说："告诉他我们不能再等了，好吗？"

汤姆和我握手告别，其余的人和我只是彼此冷淡地点了点头，然后他们就沿着车道向前奔去，消失在八月林木的浓荫之中。这时盖茨比手里拿着帽子和一件夹大衣从前门走了出来。

汤姆显然是对黛西单独出去跑动觉得不安和不放心了，因为到了星期六时他偕同黛西一起来到盖茨比的晚会上。或许他的在场给整个晚上带来了一种特别的压抑气氛——在我的记忆中，这次晚会与盖茨那年夏天举办的其他任何一次晚会都不相同。还是同样的人群，或者说至少是同样类型的人们，还是那喝也喝不完的香槟酒，还是那样多色彩多格调的狂欢鼎沸，可是我却感觉到有一种不愉快荡漾在空气里面，有一种以前这儿从未有过的不和谐气氛。或者，也许是我已经完全习惯了从前那样的晚会，习惯了把西卵自身当作一个完整的世界，它有它自己的标准，有它自己的伟大人物，不次于任何的地方，因为它就从未有过别样的意识，而现在呢，我在对它进行重新的审视，通过黛西的眼睛。

用新的眼光来看待那些你经过努力才刚刚习惯的事物，总是一件使人感伤的事。

　　他们在黄昏时赶到，当我们一起走出屋子，徜徉在数百个身着锦衣靓饰的人们中间的时候，黛西又开始用她那动听的嗓音轻轻地逗弄起人来。

　　"这儿的一切真让人开心，"她低低地说，"如果今天晚上不管什么时候你想吻我，尼克，你就告诉我，我将很高兴地给你安排这样的机会。你只要喊我一声，或是朝我晃动一下绿色的卡片，我这就给你绿……"

　　"你快瞧。"盖茨比说。

　　"我正在看呢。我正度着极美妙的……"

　　"你一定可以见到许多你以前只是听说过的知名人物。"

　　汤姆那双傲慢的眼睛在扫视着人群。

　　"我们平时不常出来参加这类活动，"他说，"事实上，我刚才正在想这里的人我一个也不认识。"

　　"也许你认识那位夫人，"盖茨比指着一位端坐在一棵白李树下的像天仙般美貌的女人。汤姆和黛西看得愣住了，他们认出这是现时最负盛名的电影女明星，他们简直不敢相信自己的眼睛了。

　　"她很可爱。"黛西说。

　　"那个向她俯下身子的男人是她的导演。"

　　盖茨比领着他们像行什么礼仪似的从这一群人走向那一群人。

　　"这是布坎恩夫人……这是布坎恩先生……"他略微迟疑了一下后补充道，"是马球健将。"

"不，不。"汤姆赶忙反对，"我不是。"

不过，显然"马球健将"这几个字的声音使盖茨比觉得很高兴，因为那天晚上一直到晚会结束，盖茨比都是这样把他介绍给客人们的。

"我以前从来没有遇见过这么多社会名流，"黛西激动地说，"我喜欢那个男人——他的名字叫什么来着——他的鼻子有点发青。"

盖茨比说出了他的名字，并补充说他是一家小戏院的老板。

"哦，不管怎么说我还是喜欢他。"

"我倒宁愿自己不是什么马球健将，"汤姆饶有兴致地说，"我只要默默无闻地隐在暗处，能看着这些名人们也就行了。"

黛西和盖茨比跳起了舞。我记得我被他那优雅稳健的狐步舞惊呆了——在此之前我还从未见他跳过舞呢。然后他们俩溜达到我住的这边，在台阶上坐了半个小时，在她的要求下我留在花园里给他们望风。"以防万一着起大火和发了洪水，"她解释说，"或是上帝的惩罚降临。"

在我们一起坐下吃晚餐的时候，汤姆不知从什么地方出现了。"我去跟那边的几个人吃饭，你不介意吧？"汤姆说，"有个人正谈得起劲儿呢。"

"去吧，"黛西亲昵地回答，"如果你想记下什么人的地址，我这儿带着一支金色的小铅笔呢。"……末了她朝四处看了一会儿，告诉我说那个女孩"虽然俗气可长得挺漂亮"。我心里知道，除了她和盖茨比单独待在一起的那半个小时，她整个晚上再也没有过快活的时候。

我们坐在了一个有人醉酒的桌子上。这是我的过失——盖茨比早就被叫去接电话了，两个星期前同在一张桌子上的也是这几个人，大家一起吃得挺愉快。可上次使我感到愉快的，现在却好像不复存在了。

"你觉得怎么样，贝得克小姐？"

我问她话的这个姑娘正懵懵懂懂地试着倒在我的肩膀上。经过这一问，她坐直了身子，睁开了闭着的眼睛。

"你说什——么？"

一个身体肥大、懒洋洋的女人刚才还一再邀黛西明天上当地俱乐部和她打高尔夫球，这时帮着贝得克小姐说起话来。

"唉，她现在已经好多了。在她一喝到五六杯鸡尾酒的时候，她总会大嚷大叫的。我告诉她应该戒酒。"

"我的确戒掉酒了。"被数落的那个姑娘无力地辩白着。

"我们刚才听见你喊了，我对这儿的希维特大夫说：'有人需要你给看一下，大夫。'"

"她对此是很感激的，我敢肯定，"她的另一个朋友说，毫无感谢的意思，"但是你把她的头按在了池子里，你把她的衣服全弄湿了。"

"我最讨厌的就是有人把我的脑袋按到池子里，"贝得克小姐嘟嘟囔囔地说，"有一次在新泽西，他们差一点把我给灌死。"

"那么你更应该戒酒了。"希维特大夫劝告她说。

"你说说你自己吧！"贝得克小姐大声喊起来，"你的手在发抖，我决不愿意叫你这样的人给我做手术。"

饭桌上发生的就是这样的一些穷极无聊的事儿。关于那天的晚会，我还记得的最后一件事是我和黛西站在一块儿望着那位电影导演和他的明星。他们两人依然在那棵白李树下，他们的脸儿正挨近到一起，隔在他们中间的只剩下一缕淡淡的薄薄的月光。我蓦然想到他也许整个夜晚都在慢慢地向她俯下身去，直到刚才的那般挨近，就在我注视着的当儿，我看见他又将身子弯下了最后的一点儿吻到了她的面颊。

"我很喜欢她，"黛西说，"我想她长得很可爱。"

但是毫无疑问，这幕场景的其他部分都刺疼了黛西，因为它不是一种姿态而是真情实感。她对西卵感到震惊了，她开始害怕受百老汇的影响在长岛渔村诞生的这一史无前例的"地方"——害怕它那一种在传统的优雅风俗下面冲击着的粗犷活力，害怕这太鲁莽的命运将它的居民沿着一条不通向任何目的地的捷径驱赶着。她从她理解不了的任何淳朴里，都能看出可怕的东西。

在他们等车的时候，我同他们一起坐在前门的台阶上。房前的这一片还罩在黑暗里，只有从那明亮的门里泻出的十平方英尺的光亮融进了黎明前的幽暗中。间或，有人影从楼上化妆室的窗帘上掠过，跟着又闪过另一个人影，接着便是没完没了的人影来回地在那里晃动，投下这些影子的女人们在我们看不见的镜子前正涂脂抹粉。

"这个盖茨比到底是个什么人？"汤姆突然问道，"一个走私的大酒贩子吧。"

"你从哪里听来的？"我反问道。

"我不曾听说过。是我这么想。许多新近富起来的人都是走私的酒贩子，这你也知道。"

"盖茨比不是。"我直截了当地说。

他沉默了片刻。车道上的碎石在他脚下被蹭得嚓嚓直响。

"喂，把这么多杂七杂八的人搜罗到一块儿，他一定费了不少的劲儿。"

一阵微风拂动了黛西灰色皮领上的绒毛。

"他们至少比我们认识的那些人有趣得多。"

"可你并不像你说的那样对他们感兴趣。"

"不，我觉得这晚会很有趣。"

"刚才当那个姑娘请她帮她洗个冷水浴的时候，你注意到黛西的脸色了吗？"

黛西开始和着音乐沙哑而又有节奏地轻轻唱起，给每一句歌词带进一种它以前不曾有过而且以后也不再会有的意蕴。当乐曲变得高昂时，她的嗓音像动听的女低音那样，也随着它委婉地高了起来，每一次变调都使她胸中涌动着的那迷人的温馨倾泻到空气中去。

"许多人都是不请自来的，"她突然停下说，"那个姑娘就不曾被邀请。他们自己径直就来了，盖茨比太拘礼，也不好说什么。"

"我想知道他是谁，他是干什么的，"汤姆一味地坚持道，"我想我这就动手去查他个水落石出。"

"我现在就可以告诉你，"黛西回答说，"他是开药店的，他开着不少的药店。全是他一手创办的。"

这时，他们那姗姗来迟的高级轿车沿着车道开到近前。

"晚安，尼克。"黛西说。

她的目光离开了我，落在了台阶上面被照亮的地方，从那儿敞着的大门里传出了那一年流行的略带哀伤情调的小华尔兹舞曲《凌晨三点钟》。不管怎么说，在盖茨比晚会的这种轻松和无拘无束里便有着她那个世界所完全缺少的浪漫情趣。到底是那首歌里的什么东西在召唤着她想回到那里去呢？在那边朦朦胧胧、妙不可测的快乐时光里，谁知道现在又有什么事儿在发生？或许，一个根本想象不到的贵客，一个难得见着的、惊世骇俗的人就要到来，或许，某个大家都公认是花容月貌的年轻女子对盖茨比送去一个秋波，对他勾魂地一笑，便会把他这五年坚贞不渝的爱情毁于一旦。

那天晚上我待到很晚，盖茨比要我等他，等到他闲下来的时候，我逗留在花园里，看着那游泳的人群从黑漆漆的海岸上都凉飕飕地兴高采烈地跑了回来，看着楼上客人房间里的灯光一个一个都熄灭了。当他最后迈下台阶向我走来的时候，他那黧黑的皮肤在脸上绷得更紧了，炯炯的目光里也显出了倦意。

"她不喜欢这个晚会。"他过来后便说。

"不，她喜欢。"

"她不喜欢，"他说，"她玩得并不痛快。"

他沉默了，我能猜想得到他那难以名状的沮丧。

"我觉得我离她很远，"他说，"要叫她理解很难。"

"你指的是跳舞吗？"

"跳舞？"他轻轻地弹了一下手指，把他举办过的这么多舞会都排除掉了，"老伙计，跳舞并不重要。"

他要黛西做的，是让她去跟汤姆说："我从来没有爱过你。"在她用这句话一笔勾销了他们四年的婚姻生活后，他和黛西就可以决定采取什么样的更具体一些的步骤。其中的一个就是待她离婚后，他们再回到路易斯维尔州，在她家里结婚——就像五年前一样。

"可惜她不理解我，"他说，"她从前很能够理解。我们一坐就是几个小时……"

他说不下去了，开始沿着一条荒僻的小道踱来踱去，路上到处是扔掉的果皮、丢弃的小礼物和踩坏的花卉。

"要是我，我就不会向她提出过多的要求，"我冒昧地说，"你不可能重复过去。"

"不可能重复过去？"他不相信地喊道，"哦，当然你能！"

他向四周发狂似的望着，仿佛那过去就潜伏在他房子的阴暗处，他的手

刚好够不着。

"我将把每一件事都安排得像从前一样，"他决心已定地点着头说，"她会看到的。"

他对过去谈了很多，我揣摩着他想使什么东西——也许是他过去对自己的抱负和理想（这早已融进对黛西的爱里，消逝了）——失而复得。自从坠入爱河，他的生活就变得混沌无序了，但是如果他要是能够再一次回到某一起点上，整个儿重新慢慢地开始，他就能够发现出那东西是什么了……

五年前一个深秋的夜晚，他们两人沿着一条飘零着落叶的街道散步，后来他们走到了一处没有树木、便道上洒满白色月光的地方。他们停在了那里，面对面地站着。那正是两季交替时节的一个凉爽的夜晚，空气中充满了那一时节所特有的神秘和激奋感。房屋里的灯光静静地欢欣地洒进黑暗里；天上的星星在闪烁和舞动。盖茨比眼睛的余光在这个时候看到一截一截的人行道真的变成了一个直矗的梯子，它逾过了树林通向一个神秘的地方——他能够攀着它爬到那个神秘的处所，只要是他一个人攀登，一旦上到那儿他便可以吮吸生命的乳汁，饮下那能创造出奇迹的甜美琼浆。

当黛西白洁的脸庞向他的脸儿探过来的时候，他的心跳得越来越快。他知道只要他吻了这个姑娘，将他那无以表达的憧憬永远地和她那可以消逝的呼吸锁结在一起，他的心便再也不能像上帝的心那般自由地驰骋了。于是，他等待着，想再多听一会儿敲在一颗星辰上传来的音叉声。然后，他吻了她。一旦触到了她的芳唇，黛西便像一朵鲜嫩的花苞向他绽开怒放了，适才的幻觉也随之消失了。

　　听着他的讲述，甚至感受着他令人凄然的感伤，我突然联想到了什么——我好久以前不知在什么地方听来的一句话，而现在只留下了一种难以捕捉的节奏和零散的只言片语。有一瞬间那句话似乎冲到了我的嘴边，我的嘴像个哑巴似的张开，好像我的唇边除了空气的振动还有什么要挣扎着呼出来。但是我并没有能够发出声音，我刚才几乎快要记起来的东西，结果就这样永远地逝去了。

chapter 07

·第七章·

正当人们对盖茨比的好奇心达到巅峰时，一个星期六的晚上，他宅邸的灯火突然不再亮了——就像其开始时那样地不知不觉，他作为特里马尔乔①的生涯悄然地结束了。我只是慢慢才发现，那些满怀着希望拐到他便道上来的小车只稍停片刻，然后便悻悻地离去了。我担心他是不是病了，走到他家去——拉开门从门缝里斜睨着眼睛瞧我的，却是一位面带凶色而且我不认识的管家。

"盖茨比先生生病了吗？"

"没有。"停了一会儿后，他又慢吞吞地不太情愿地加了个词，"先生。"

"最近我没见他出来，我有点不放心。请告诉他卡拉威先生来过了。"

"谁？"他粗鲁地问道。

"卡拉威。"

"卡拉威。好的，我完了告诉他。"

---

①系古罗马作家皮特罗尼斯讽刺作品中的一个大宴宾客的暴发户。

临了，他一下子把门砰的一声关上了。

我的女用人跟我说盖茨比在一个星期前把他家里所有的仆人都解雇了，替换来的这五六个人自打来后就没去过西卵村，以防被生意人贿赂，所需的不多供给也都是通过电话订购。听送货的孩子讲，厨房里脏得跟猪圈一样，村子里的人们说这些新用上的人根本就不像是用人。

第二天盖茨比给我打了电话。

"你出远门了吗？"我问。

"没有，伙计。"

"我听说你把你的仆人们都打发掉了。"

"我要的是不传闲话的人。黛西现在来得很勤——多在下午。"

于是，她看不顺眼的这个大宴宾客的客栈就像个纸房子似的倒闭了。

"新雇的人是沃尔夫西姆弄来的，他想给他们一点照顾。他们都是兄弟姊妹。以前他们开一个小旅店。"

"哦，我明白了。"

他这次打电话是应黛西的请求——问我明天能不能去她家吃午饭，贝克小姐也来。半个小时之后，黛西自己打来电话，得知我能去，似乎大大地松了口气。一定有什么事在酝酿着。不过我还是不相信他们会选择明天这样的机会，搞出一场闹剧——尤其是盖茨比那天晚上在花园里向我透露过的令人心悸的那一幕。

第二天天气热得像煮沸了似的，这几乎是那年夏天最后的但也是最热的一天。当我乘坐的火车从隧道里驶入阳光下的时候，唯有美国饼干公司的汽笛声打破了这炙热晌午的寂静。车里的座位像火一般地烫人，坐在我旁边的女人一开始还不声不响地让汗水往她那宽大的短罩衫里流，可没过多一会儿，当她拿着的报纸也被她的手指浸湿了的时候，她便无可奈何地瘫坐在那儿了，发出一声长长的叹息。她的钱包啪的一声也掉在了地板上。

"啊，我的！"她喘着气喊。

我懒懒地弯下身子将它捡起，给她递过去，我伸直着胳膊捏着钱包的最边角，以表示我没有贪财的意图——可是邻近的每一个人，包括那个女人，还是照样怀疑我的不轨。

"真热！"检票员对熟悉的面孔说，"这样的天气……真热！……热！……你觉得热得够劲吗？很热吧？不是吗？……"

在我的月乘票被还给我的时候，它上面沾上了一块他手上的黑汗渍。在这样的天气里，有谁会在乎他吻的是哪一位小姐的芳唇，是哪一位姑娘的头湿湿地贴着他的睡衣、枕在他的心口上！

……从布坎恩夫妇家里的大厅那边吹来一丝轻轻的风，将屋子里的电话铃声传到了等在门口的盖茨比和我这里。

"主人的身体？"管家冲着话筒喊，"对不起，夫人，我们不能给你——它太热了，今天中午贴近不得！"

他真正说出口来的则是："好的……好的……我去叫。"

他放下电话，朝我们汗涔涔地走来，接下了我们的硬边草帽。

"夫人在客厅里等着你们呢！"他大声说，没有必要地用手指了指方向。在这样酷热的天气里，任何一个多余的动作都是对生命能量之储存的一种浪费。

因为窗户外面有遮篷掩着，客厅里显得暗淡而凉爽。黛西和乔丹在一张硕大的沙发上，像两尊银白色的塑像一样直挺挺地躺着，手儿贴在自己的白色衣裙上，免得嗡嗡作响的电扇刮出的微风将裙子撩起。

"我们不能动弹，请原谅。"她们同声说道。

乔丹将她那涂了一层白脂粉的褐肤色手指在我手中停留了一会儿。

"我们的运动员托马斯·布坎恩先生呢？"我问。

在此同时，我听到了他在大厅里打电话传来的粗鲁、沉闷、沙哑的声音。

盖茨比此时站在深红色的地毯中央，用陶醉的眼神四下望着。黛西看着他大笑了——她那甜甜的、撩人心意的笑；一阵淡淡的脂粉味的清香从她胸口那里飘散出来。

"听说，"乔丹小声说，"那是汤姆的情人打来的电话。"

我们都不说话了。大厅里的声音变得越发高而粗鲁："那么好吧，我根本就不想把车卖给你……我对你根本没有这样的义务……至于你在我吃午饭的时候打搅我，我简直是不能忍受。"

"把电话挂上不就完了。"黛西带刺儿地说。

"不，汤姆不会。"我肯定地对黛西说，"这是一桩真正的交易。我碰巧知道这件事。"

汤姆咣啷一声推开了门，把他粗壮的身躯在门槛那儿停了一下，然后匆匆地走进客厅里。

"盖茨比先生！"他伸出了他那阔大扁平的手，把厌恶的情绪巧妙地掩饰着，"很高兴见到你，先生……尼克……"

"给我们弄点冷饮来。"黛西大声说。

当汤姆再次离开房间后，她立起身走到盖茨比这儿，将他的脸捧低了一点，吻起他的嘴唇。

"你知道我爱你。"她轻轻地说。

"你忘记了这里还有一位小姐在场。"乔丹说。

黛西朝四周略微迟疑地望了望。

"你也吻尼克嘛。"

"一个多么低俗的姑娘！"

"我并不在乎！"黛西喊，开始将身子靠在砖砌的壁炉旁边。末了她又想起这炎热来，便好像做错了什么似的又坐回到沙发上。正在这时候，一个衣着爽利的保姆带进了一个女孩。

"妈妈的心肝宝贝儿。"黛西柔声柔气地呼唤着，伸出她的手臂，"到爱你的妈妈这儿来。"

那孩子在保姆撒开手后从门边跑过来，羞答答地一头埋进她母亲的衣裙里。

"心肝宝贝儿！妈妈在你这浅黄色的头发里洒过香水了吗？现在站好说'你们好'。"

盖茨比和我一一俯下身子，握了握孩子认生不愿意伸出的小手。接着盖茨比便用诧异的眼光一直看着这孩子。我想在这之前他一定从来没有相信过这孩子的存在。

"妈妈，我午饭前就把衣服穿好了。"孩子急切地转向黛西说。

"那是因为你的妈妈想把你带给客人们看。"黛西把脸儿伏在孩子那白细的脖颈里，"你是妈妈的梦，你是妈妈甜甜的梦。"

"我是。"孩子不紧不慢地回答，"乔丹姨姨也穿了件白裙子。"

"你喜欢妈妈的这些朋友吗？"黛西让孩子转过身子面对着盖茨比，"你觉得他们好看吗？"

"爸爸在哪儿？"

"她长得不像她的父亲。"黛西说道，"她长得像我。她的头发和脸庞都像我。"

黛西向后靠在了沙发上。保姆往前走了一步，伸出了她的手。

"来吧，帕梅。"

"再见，小心肝儿！"

这个很听话的小姑娘又回头依依不舍地望了一眼，才握着保姆的手被带到了门口。正巧这时汤姆端了四杯放了冰块的荷兰利克酒回来了。

盖茨比接过了他的那一杯。

"它们喝了一定凉快。"盖茨比说，脸上还是显出了紧张的神情。

我们大家都咕噜咕噜地大口喝着。

"我曾在什么文章上看到过，说是太阳一年比一年热，"汤姆和声

和气地说，"文章上好像说，用不了多久，地球就要掉到太阳上去了——哦，让我想一下——或者说恰恰相反，太阳变得一年比一年冷了。"

"到屋外走走。"汤姆向盖茨比提议说，"我想让你看看我这个地方。"

我和他们一起步到外面的游廊上。在碧绿的桑德海湾里，一只孤帆在呆滞的酷热中朝着更阔的海面慢慢移动。盖茨比的眼睛有一会儿追随着它，末了他抬手指向海湾的对面。

"我就住在海湾那边。"

"哦，是这样。"

我们的目光越过玫瑰花坛、酷热的草坪和三伏天里长在沿岸的蔓蔓草丛，向更远的地方望去。但见小船的白帆正慢慢消逝在碧蓝清爽的天际，再往前面便是扇形的大洋和星罗棋布的岛屿。

"航海可真好玩。"汤姆点着头说，"我真想和你们到海上去玩上个把钟头。"

我们的午饭是在一间遮掩得很凉快的餐厅里吃的，凉凉的啤酒拂去了我们的不安，提起了我们的兴致。

"我们今天下午干点儿什么好呢？"黛西嚷着，"明天呢，后天呢，这以后的三十年呢？"

"不必颓丧，"乔丹说，"当秋天来临天气凉爽，生活又重新开始了。"

"可是现在便热得难受。"黛西还是一味地说，连眼泪都快有了，"一切都是乱糟糟的。索性让我们进城去吧！"

她的声音在这酷热中拼力传出来，撞击着这酷热，好像使它这无生命的东西也有了生命。

"我听说过把一个马厩改修成车库的，"汤姆正在跟盖茨比说，"可我却是把车库改修成马厩的第一人。"

"谁愿意到城里去?"黛西继续着她前面的话。盖茨比的眼睛瞟向了她这边。"啊,"她喊着,"你看上去是那么地凉爽。"

他俩的目光相遇了,他们相互忘情地注视着对方。黛西费了老大的劲儿才低下了眼睛看在桌子上。

"你看上去总是那么凉爽。"她又说了一遍。

她适才告诉过他她爱他,汤姆·布坎恩也看了出来。这使他非常吃惊。他的嘴微微张开着,眼睛先是望着盖茨比,然后盯住了黛西,好像他刚刚察觉出盖茨比是她多年前就认识的一个朋友。

"你很像是一个广告上的男人。"黛西毫无觉察地继续说,"你见过那个广告上的男人……"

"得了,"汤姆猛地插进来说,"我十二分地赞成进城去。走吧——我们这就一起走。"

他立起身子,可眼睛还是在盖茨比和他的妻子之间来回扫着。谁也没有动一下。

"走呀!"汤姆的火气开始往上涌了,"你们到底是怎么回事?既然要去城里,那就走嘛。"

汤姆尽量克制着自己,用颤抖的手把他杯里剩的啤酒端到唇边一口喝尽了。黛西把大伙叫起来,一起步到外面滚烫的石子车道上。

"我们这个样子就走吗?"她反对说,"先让每个人抽支烟好不好?"

"每个人在吃午饭时都已经抽了不少。"

"喂,还是让大家都高兴一点好吗?"她恳求汤姆说,"天这么热,你就甭再别着劲儿了。"

汤姆没有吭声。

"我们随你的意就是，"黛西说，"走，乔丹。"

她俩上楼去换衣服，我们三个男人站在下面用脚踢着发烫的石子。一弯银色的月亮这时已挂在西边天上。盖茨比刚要说什么，又改变了主意，可是此时汤姆已经转过身子面对着他了。

"你的马厩就在这里吧？"盖茨比想了半天才说。

"大约顺着这条路走四分之一英里。"

"嗯。"

一阵沉默。

"我就想不起进城这样的念头。"汤姆突然粗暴地说，"女人们的脑子里天生就装着这些怪玩意儿。"

"我们是不是带一点什么喝的东西？"黛西在楼上的窗户里面说。

"我去拿些威士忌酒。"汤姆应着走进屋里。

盖茨比转向我硬巴巴地说：

"我在他家里什么话也说不出口，伙计。"

"黛西的声音里带着轻浮，"我说，"它里面充满着一种……"我一下子找不到一个适当的词。

"她的声音里充满着钱币的叮当声。"他突然说。

说得好极了。我以前可从来没有往这方面想过。它里面充满了钱币的叮当声——这正是那抑扬有致的嗓音永久的魅力之所在，因为它便是钱币那银铃似的声响，它便是对金钱的最高亢的赞歌……她便是白色宫殿里的高高在上的国王的女儿，那位金发公主……

汤姆从房里走出来，提着用毛巾包好的四瓶威士忌，后面跟着黛西和乔丹，她俩头上戴着有金丝边的小紧圆帽，臂上搭着轻柔的披肩。

"坐我的车走好吗？"盖茨比建议说。他摸了摸座位上那发热的绿皮套。

"我把它停在阴凉的地方就好了。"

"这车是用普通排挡吗？"汤姆问。

"是的。"

"哦，你用我的车吧。让我开你的车去城里。"

汤姆的要求使盖茨比觉得不太高兴。

"我想我的车恐怕油不多了。"盖茨比反对说。

"油足够用。"汤姆满不在乎地说，他看了看油表，"如果汽油用完了，我可以停在一家药店的门前加点儿油。现在的药店里什么东西都出售。"

这句表面上看似无所指的话引来了一阵沉默。黛西蹙起眉头瞅着汤姆。这时在盖茨比的脸上掠过一丝令人费解的表情。这表情我以前好像只是听别人描绘过，是既很陌生同时又隐约能识别出的那一种。

"走啊，黛西。"汤姆说，一边把她往盖茨比的车子那儿拥，"我和你开这辆老爷车。"

他打开了车门，可是黛西却从他的臂弯里一下子溜走了。

"你拉着尼克和乔丹。我们俩坐家里的那辆车跟在后面。"她紧挨盖茨比走，用手扯着他的衣袖。乔丹、汤姆和我一起坐在了盖茨比那辆车的前排座位上。汤姆试着推了推他不太熟悉的排挡，接着我们就箭一般地驶进了这骄阳似火的酷热中，把他们俩远远地甩在了后面。

"你们两个看出来了吗？"汤姆迫不及待地问。

"看出什么了？"

他的一双眼睛紧盯着我，意识到乔丹和我一定早就是知情人。

"你们觉得我很蠢，是不是？"他说明道，"也许我是这样。不过我有时候有一种……几近于先知先觉的特异功能，它能告诉我我该怎么做。或许你们不相信这个，但是科学……"

他止住了。眼下的紧急情况吓住了他，把他从高谈理论的深渊边上勒了回来。

"我对这家伙做了一点儿调查。"他继续道，"我本能搞得更深入些，如果我知道……"

"你是说你到过一个女巫那里啦？"乔丹不无幽默地说。

"什么？"他被弄糊涂了，两眼瞪着笑了的我们，"去过一个女巫婆那里？"

"关于盖茨比的事呀。"

"关于盖茨比！不，我没去过。我是说我对他的过去做了一个小小的调查。"

"你发现了他是个牛津的毕业生。"乔丹帮他起了个头。

"一个牛津的毕业生！"汤姆根本不相信，"见他的鬼！他现在穿着一身粉红色套装这倒是真的。"

"不过，他是从牛津毕业的。"

"牛津，新墨西哥州的那个牛津吧。"汤姆鄙夷地喊道，"或者是听起来相似的其他什么地方。"

"听着，汤姆。既然你是这样的一个势利小人，你何必要邀他吃午饭？"乔丹生气地诘问。

"是黛西请的他，在我们结婚之前她就认识他——鬼知道是在什么地方认识的！"

现在随着啤酒的劲儿在体内消失，我们都变得烦躁起来。意识到这一点，我们默默地让汽车行驶了一会儿。后来，当 T．J．埃克尔堡医生那双褪了色的眼睛闪现在我们眼前时，我倏然记起盖茨比说的汽油不够的事儿。

"现在的油足够开到城里。"汤姆说。

"可是这里便有个加油站，"乔丹反对说，"我可不想在这大热天给抛在半路上。"

汤姆带些不耐烦地用双脚猛地踩了一下刹车，我们便戛然一声停在威尔逊车行的招牌前，扬起一阵灰尘。片刻工夫，车行老板从屋里出现了，用无神的眼睛看着我们的这辆车。

"给我们加点油！"汤姆粗声大气地说，"你以为我们停下车子是干什么呢——观赏这儿的风景吗？"

"我病了。"威尔逊一动没动地说，"病了一整天。"

"怎么回事？"

"我的身体垮了。"

"那么，我自己加好吗？"汤姆问，"你中午在电话里时还显得很有精神。"

威尔逊吃力地从遮阳的门廊里走出来，气喘吁吁地拧开了油箱上的盖子。在阳光下他的脸是绿色的。

"我也并不想在吃饭时打搅你，"威尔逊说，"可是我现在急需要一笔钱。我不知道你到底还卖不卖你的那辆旧车了。"

"你觉得这辆车怎么样？"汤姆问，"我在上个星期买的。"

"这是辆很不错的黄色轿车。"威尔逊说，一面费劲儿地摇着油泵的手柄。

"想买下它吗？"

"这是大买卖，"威尔逊淡淡地笑了笑，"我不要。不过从你那辆旧车上我也能赚些钱。"

"你怎么突然一下子需要起钱来了？"

"我在这里住得太久了。我想离开这儿，我的妻子和我想到西部去。"

"你妻子想要去？"汤姆大吃一惊，不由喊了起来。

"她念叨这件事已经有十年了，"他靠着油泵用手遮着眼睛那儿的阳光，"现在不管她愿意不愿意，她都得走了。我就要带她走了。"

黛西乘的那辆车连同她伸出的向我们打招呼的手从我们身边一闪而过，卷起一阵飞尘。

"加油多少钱？"汤姆粗暴地问。

"在最近两天里我才得知一件糟糕的事，以前我一直蒙在鼓里，"威尔逊说，"这正是我要离开这儿的原因，也是我一直为那辆车而打搅你的原因。"

"多少钱？"

"二十元。"

迎面扑来的酷烈热浪开始使我变得有点儿昏昏然了，在我意识到威尔逊的怀疑还没有落在汤姆身上之前，我度过了一段极难熬的时间。威尔逊已经发现茉特尔避着他在外面还过着另外一种生活，这一精神上的打击使他病得不轻。我看着他，然后又把目光转到汤姆，在一个小时以前汤姆不是也有过这样一个类似的发现吗——看着他们两个，不禁使我想到人在智力和种族上的差异远远不如病人和健康人之间的差别来得那么鲜明。威尔逊那病恹恹的样子，使他看上去好像犯了什么不可饶恕的罪行——好像他刚刚把一个可怜的姑娘弄得有了小孩似的。

"我卖给你那辆车，"汤姆说，"我明天下午叫人送过来。"

这个地方总是隐隐约约地显

得不是那么平静，甚至在这下午炎炎的阳光普照下也是如此，此时，好像我从身后得到了什么警告似的扭过了头去。在死灰谷那边有 T.J. 埃克尔堡大夫那双硕大的眼睛正在警戒着。可是过了片刻我察觉到在离我们不到二十英尺处还有一双眼睛定睛注视着我们。在车行上面的一个窗户那里，窗帘被稍稍掀起了一点儿，茉特尔·威尔逊正朝下面偷眼瞧着这边。她那专注的神情使她根本想象不到她也会被别人看到。许多种情感鱼贯似的流

露到她的脸上，仿佛正被冲洗着的相纸一点一点地显示出物景。她的表情我很熟悉，可又令我感到些许好奇——这是那些我常常在女人们脸上看到过的表情，可是出现在茉特尔·威尔逊的面庞上，它却似乎显得没有来由和令人费解。后来，当我发现她那闪耀着可怕妒火的眼睛不是盯着汤姆而是盯着乔丹·贝克时，我才明白她是把贝克当成了汤姆的妻子。

世上没有什么混乱，能比得上一个头脑简单的人思想上的混乱，在我们开车离开那里时，汤姆觉得有万端的惊恐袭上心头。他的妻子和他的情妇在一个小时之前还安然无恙和神圣不可侵犯，现在却在急速地摆脱掉他的控制。一种本能使他死命地踩着油门，想迎头赶上黛西，也想把威尔逊远远地抛在后面，我们以每小时五十英里的速度向阿斯托里疾驶，直到抵达上有高架铁路、下有密布的梁栋路面时，我们才看到了那辆怡然自得地驶在前面的蓝色小轿车。

"这些五十大街上的电影院里很凉快的。"乔丹说，"我喜欢盛夏下午街面上没有人的纽约。这时在它的四周好像有一种什么东西在撩起你的情欲——给人一种熟透了的感觉，仿佛各种奇妙的果实就要落到你的手里了。"

"情欲"这个词更使汤姆懊恼不安，不过在他还没来得及想出什么反驳的话时，那辆蓝色的小车突然停住了，黛西示意让我们把车开过来。

"我们到哪儿去？"她大声说。

"去看电影怎么样？"

"太热了，"她不同意地说，"你们先走。我们去兜兜风然后咱们再碰头。"费了好大的劲儿，她似乎才想起还有什么要说，"我们将在下一个路口碰面。我都快成了记性最差的人了，就像有的男人，这儿刚点上一支烟便忘了，接着又点上一支。"

"我们不要停在这里争论来争论去了，"当一辆卡车在我们后面发出刺耳的喇叭声时，汤姆说，"你们跟在我后面，到中心公园南面的普拉兹饭店门前。"

有好几次汤姆转回头去看他们的那辆车，假如路上出现堵车他们落在了后面，他便减慢速度直到他们上来为止。我想他是在担心他们会一下子窜到一条边道上去，然后从他的生活中永远地消失了。

但是他们没有。我们这两辆车上的人不知怎么的都采取了同样的步骤，租下了普拉兹饭店一间套房里的客厅。

在走到那间客厅之前的无休止的混乱争吵，我现在已经记不得了，只清楚记得我当时身体上的感受：在这段时间里，我的内裤像一条湿腻的小蛇在我的腿部乱爬，大粒的汗珠子不断地顺着我的后背往下淌。我们现在采取的这一步源于黛西的建议：我们租上五个洗澡间都各自洗上个冷水澡，只是到后来才形成了"找个喝薄荷酒的地方"这一共识。我们每个人都说这是个"极妙的主意"——我们同时都抢着和那个服务员说话，弄得他很为难，我们以为或者假装以为我们大家都开心极了……

这间客厅很宽敞，可是闷热得很，虽然说已是下午四点了，打开窗户以后涌进来的都是从公园灌木丛那儿刮来的阵阵热风。黛西走到一个镜子前面，背对着我们站着整理她的头发。"这间客厅挺气派嘛。"乔丹轻声轻气地赞叹说，惹得大家都笑了。

"再打开一扇窗户。"黛西命令似的说，仍然是拿背对着我们。

"再没有窗户了。"

"那么，我们最好是打电话要一把斧头来……"

"现在该做的是不要再提这热，"汤姆不耐烦地说，"你老是吵着热，它就越热。"

他展开毛巾拿出一瓶威士忌放在桌上。

"你为什么不能让她一个人静静地待上一会儿呢，伙计？"盖茨比说，"是你想要到城里来的。"

随即是片刻的沉默。电话簿从钉子上滑下来啪的一声掉在地上，乔丹见此小声地说了句"对不起"——可是这一次谁也没有笑。

"让我来捡。"我说。

"我已经捡起来了。"盖茨比看了看断了的绳头，用鼻子轻轻地"哼"了一声，将它扔到一把椅子上。

"那是你的一个了不起的表达语吧，先生？"汤姆尖刻地问。

"你指的是什么？"

"就是你开口闭口的'伙计'这个词。你是从哪儿把它捡来的呢？"

"汤姆，你现在仔细听好了，"黛西说着从镜子那边转过身子，"如果你打算进行个人攻击的话，我将一分钟也不在这里待了。打个电话要些薄荷叶和冰块来。"

在汤姆拿起话筒的时候，这沉闷的热从下面舞厅传来的嘈杂声中爆发了。我们细细一听，里面还夹杂着门德尔松的《婚礼进行曲》的乐声。

"真难以想象在这样的大热天里娶亲！"乔丹沮丧地说。

"不过……我就是在六月中旬结的婚，"黛西回忆说，"在六月天里的路易斯维尔！有一个人给晕倒了。是谁晕倒了来着，汤姆？"

"毕洛克西。"他不悦地回答。

"一个叫作毕洛克西的男子。'笨汉子'毕洛克西，他是做纸盒的……哦，想起来了……他是田纳西州毕洛克西地区的人。"

"他们把他抬到了我家里，"乔丹补充道，"因为我的住所和教堂之间只隔着两户人家。他在我们家住了三个星期，一直住到我爸爸给他下了逐客令。在他离开的第二天我父亲就死了。"停了一会儿，她又加上了一句，仿佛是怕造成什么误解似的，"他和我爸爸的死可没有任何关系。"

"我从前也认识一个叫比尔·毕洛克西的孟菲斯[①]人。"我说。

"那是他的表弟。在他离开我家之前我已经了解了他家的全部历史。他还送给我一个铝制的高尔夫球棍，直到今天我还用着。"

音乐停止后，婚礼开始了，一阵长长的欢呼声从开着的窗户里传进来，接着便是不断的"好啊——好啊——"的呼喊声，最后是爵士乐的奏起，跳舞开始了。

"我们变老了，"黛西说，"如果我们还是那么年轻，我们也会站起来跳的。"

"不要忘记毕洛克西的教训，"乔丹警告她说，"你是在什么地方认识他的，汤姆？"

"是毕洛克西吗？"他用力想着，"我那时不认识他。他是黛西的朋友。"

"他不是我的朋友，"黛西否认道，"在那之前我从来没见过他。他是坐一辆私人轿车来的。"

"哦，他说他认识你。他说他是在路易斯维尔长大的。阿莎·伯德在婚礼要开始的最后一刻才把他带到，还问我们能不能给他个席位。"

乔丹笑了起来。

"他也许是在乞讨他一路回家的费用。他曾告诉我他是你在耶鲁大学时的班长。"

汤姆和我只能是面面相觑。

---

①美国田纳西州的一座城市。

"毕洛克西？"

"首先一点说，我们那时根本没有什么班长……"

盖茨比的一只脚在地板上踏出短促而又急躁的声响，汤姆突然将目光转向了他。

"顺便问一问，盖茨比先生，我听说你是牛津大学的毕业生。"

"不完全是。"

"哦，对啦，你是在牛津大学读过书。"

"是的——我进过牛津大学。"

一阵沉默。然后是汤姆那带着侮辱和不信任的声音：

"你去到那儿的时间，一定和毕洛克西进到纽黑文大学的时间不相上下喽。"

又是一阵沉默。一个侍者敲门送来了碾碎的薄荷叶和冰块，可是甚至连他那句"谢谢"的话语和轻轻的关门声也未能打破这沉默。这个事关重大的细节必须最终得到澄清。

"我刚才告诉你了我去过那儿。"盖茨比说。

"这我听你说过了，但是我想知道是在什么时间。"

"是在一九一九年。我只在那里待了五个月。这便是我不能把自己真正称作是牛津大学毕业生的原因。"

汤姆四下张望着，看我们是否也像他一样怀疑。可是我们所有人都在瞧着盖茨比。

"这是停战后官方专为一些参战军官提供的机会，"盖茨比继续说，"我们可以进到英国或是法国的任何一所大学去读书。"

我这时真想站起来，在盖茨比的背上亲热地拍上几下。我又一下子重新恢复了对他的完全信任，这样的事在此之前我已经有过几回了。

黛西立起身，微微地笑着，朝桌子那边走去。

"打开威士忌，汤姆，"她命令说，"我将给你调一杯上好的冰镇薄荷酒。喝了它后你就不会显得那么愚蠢，自己和自己过不去了……瞧这是些多好的薄荷叶儿！"

"等一下，"汤姆厉声说道，"我还想再问盖茨比先生一个问题。"

"你请问。"盖茨比客气地说。

"你究竟要在我的家庭里挑起什么样的纠纷呢？"

他们终于公开接火了，这正中了盖茨比的下怀。

"不是盖茨比在挑起事端，"黛西绝望地从这一个望到另一个，"是你在挑起争执。请你稍微克制一点儿你自己。"

"克制！"汤姆轻蔑地重复道，"我想现在社会上最时髦的事就是自己站在一边，听凭不知从哪个旮旯角里钻出来的无名人氏和你的妻子做爱！喂，如果这就是你们所想要的，你们可就打错了算盘，我可不是那样的丈夫……近来，人们开始嘲笑家庭生活和家庭这个社会细胞，再下一步他们就该抛弃一切，在黑人和白人之间相互通婚了。"

汤姆被自己这一番莫名其妙的激烈言辞弄得激动起来，他似乎觉得他独自一人守卫在了文明的最后一个壁垒上。

"我们这儿可都是白人。"乔丹小声说。

"我知道我不是那么好客。我不举办大型晚会。我想为了交朋友，你就非得把你们家糟蹋得跟个猪圈似的不可——在这个现代世界里。"

尽管我很气愤——我们在场的都是如此，可是每当汤姆开口的时候，我就忍不住要笑。俯仰之间，汤姆从一个浪荡哥儿到一个古板的道德家的转变是如此彻底。

"我是有话要跟你说的，伙计……"盖茨比开始道。可是黛西猜到了他的心思。

"请不要这样！"她求助似的打断说，"我们大家回去吧。为什么我们不回家去呢？"

"这主意我赞成。"我站了起来，"走吧，汤姆。没有人想要喝酒。"

"我想知道盖茨比先生要对我说些什么。"

"你的妻子并不爱你，"盖茨比说，"她从来没有爱过你。她爱的是我。"

"你简直是疯了！"汤姆随口而出地喊道。

盖茨比一跃而起，显得非常激动。

"她从来没有爱过你，你听到了吗？"盖茨比兴奋地说，"她嫁给你，只是因我当时很穷，她等不上我。这铸成了一个大错，不过在她的心底她没有爱过任何人，除了我！"

在这种时候，乔丹和我起身要走，但是汤姆和盖茨比都竞相一味地坚持要我们留下——好像他们两人都没有任何要隐瞒的东西，而且能分享他们的情感是他们赐予我们的权利。

"坐下，黛西，"汤姆的声音里想带出长辈的语调却未能成功，"这到底是怎么回事？我想听听这事情的全部。"

"我已经告诉你是怎么回事了，"盖茨比说，"已经进行了五年——而且你一点也不知道。"

汤姆猛地转过身来面对着黛西。

"你和这家伙会面已经有五年了？"

"不是会面，"盖茨比说，"哦，我们未能得到相见的机会。但是我们一直彼此相爱，伙计。而且你根本不知道。我自己有时都要笑出声来了，"可他的眼睛里却没有丝毫的笑意，"一想到你还蒙在鼓里。"

"啊——这就是事情的全部。"汤姆拢起他那粗粗的手指，像牧师似的在桌子上敲了几下，末了后仰靠到了椅背上。

"你简直是疯了！"汤姆大声说，"对五年前所发生的事我不敢说什么，因为那时我还不认识黛西——不过现在我却可以和你打赌,如果你想挨近黛西，除非你从后门把东西什物搬到她的家里。除此之外，所有的一切都是骗人的鬼话。黛西结婚的时候爱我，她现在仍然爱着我。"

"不是这样。"盖茨比摇着脑袋说。

"可是，她的确是如此。麻烦出在她有的时候头脑中会出现一些怪念头，连自己在做什么都不知道，"汤姆睿智地点着头说，"而且，我也爱黛西。有时我放纵一些，做出一些荒唐的事情，不过我总是迷途知返，在我的心里我爱的一直是她。"

"你真叫人恶心。"黛西说。她这时转向了我，把嗓音放低了一个音阶，满带着尖刻的嘲讽说："你知道我们为什么要离开芝加哥吗？我真奇怪！他们竟没有把他那拈花惹草的事讲给你听。"

盖茨比走过来，站到了她的身边。

"黛西，这一切现在都已经结束了，"他真诚地说，"这一切都已经无关紧要了。你只消告诉他事情的真相——你从来没有爱过他——以往的一切便永远地勾销了。"

她茫然地望着盖茨比："哦——我怎么能够爱他呢——这可能吗？"

"说你从来没有爱过他。"

她犹豫了。她的目光带着一种祈求的神情落在我和贝克的身上，仿佛她最后终于意识到了她所做的事情——仿佛她从来便不曾有过要做什么事情的意愿。但是现在已经做了。挽回已经太迟了。

　　"我从来没有爱过他。"她说，带着可以看出的勉强。

　　"在凯皮奥兰尼时也没有？"汤姆突然问。

　　"没有。"

　　从下面的舞厅里，一阵阵沉闷的令人窒息的乐曲声和着空气的热浪飘了上来。

　　"我怕你的鞋子弄湿从彭奇堡尔号一直抱你下来的那一天，你也没有爱过我？"汤姆沙哑的音调里夹杂着一种柔情，"黛西？"

　　"请不要这样。"她的声音仍然很冷淡，可里面的怨恨却没有了。她望着盖茨比。"哦，杰伊。"她说，她要给自己点上烟的那只手在微微地发颤。忽然之间她把香烟和燃着的火柴全部扔到了地毯上。

　　"啊，你要的也太多了！"她对着盖茨比大声地说，"现在我爱你——难道这还不够吗？对过去的事我也没有办法。"她开始无望地啜泣着，"我的确曾经爱过汤姆，可是我也爱过你呀。"

盖茨比的眼睛睁开一下又闭上了。

"你也爱过我吗？"盖茨比重复道。

"甚至连这也是谎言，"汤姆蛮横地说，"她根本就不知道你还活着。哼——可是在我和黛西之间，却有着许多你永远不会晓得、我们两人永远也不会忘记的美好时光。"这些话深深地刺痛了盖茨比的心。

"我想和黛西单独谈谈。"盖茨比说，"她现在已经非常激动……"

"即便你单独和我谈，我也不能够说我从来没有爱过汤姆，"她可怜地承认道，"那不是真的。"

"那当然不是真的。"汤姆附和着说。

她把脸转向了她的丈夫。

"好像这一点对你挺重要似的。"黛西说。

"当然挺重要。从现在起我要更好地照顾你。"

"你不明白，"盖茨比略带些恐慌地说，"你将再也不用照顾她了。"

"我不用？"汤姆瞪大了眼睛，笑了出来。现在他已经能够控制自己的情绪了，"那是为什么呢？"

"黛西就要离开你了。"

"这是胡说。"

"可这是真的。"黛西颇带些吃力地说。

"她不会离开我的！"汤姆突然向盖茨比俯过身子狠狠地说，"她当然不会为了一个将拿偷的戒指戴在她手上的普通骗子而离开我。"

"你这样说，我实在忍受不了！"黛西大声喊着，"嗨，让我们还是走吧。"

"你究竟是何许人也？"汤姆猛然又说道，"你是与梅尔·沃尔夫西姆结党的那一伙人中的一个——我碰巧了解到了这一点。我已经对你的事做了一点调查——明天我还要继续下去。"

"随你的便，伙计。"盖茨比毫不在乎地说。

"我已发现你的'药店'是怎么回事了。"他把脸转向我们，急速地说道，"他和那个沃尔夫西姆买下了这里和芝加哥市里的许多沿街开立的药铺，然后在这些柜台上出售白酒。这是他的小小伎俩之一。我第一次见到他的时候就看他像个酒贩子，我真是没有猜错。"

"那又怎么样呢？"盖茨比平心静气地说，"我想你的朋友沃尔特不是也参与了？他从前不也是很有脸面的人吗？

"是你坑害了他，不是吗？你使得他在新泽西坐了一个月的牢房。上帝！你应该听听沃尔特是如何说你的。

"他来找我们时已经是山穷水尽。他很高兴能捡到一些钱，伙计。"

"不要叫我'伙计'！"汤姆喊道。盖茨比没有吭声，"沃尔特本来也能把你们绳之以法的，只是沃尔夫西姆恫吓他，使他闭上了嘴。"

那一陌生而又可辨识的表情又一次出现在盖茨比的脸上。

"那药店的生意只是小小的一部分，"汤姆慢慢地继续道，"现在你们搞的名堂，沃尔特连提也不敢跟我提起。"

我瞥了黛西一眼，她正惊恐地看着盖茨比和她的丈夫，然后看着乔丹，而乔丹这时早已开始在她的下巴尖上好像平衡着什么东西似的训练。临了我又转回身来朝着盖茨比——立即被他面上的表情惊呆了。他看上去——我这样说可跟在他花园里对他的那些诽谤和谣传毫不相干——就像是刚刚杀死了一个人。有一会儿的工夫，他那副脸色用这个怪诞的比喻来描述，真是一点儿也不过分。

这一表情在他脸上消失之后，他开始非常激动地跟黛西说了起来，否认所有的一切，表白其名声的清白，反对这些莫须有的罪名。但是盖茨比越是说，她就越是缩了回去，所以他只好住口，现在随着下午时光的渐渐逝去，唯有他那破灭的幻想还在支撑着他，他拼力想去触摸到那已经不再是有形的东西，痛苦而又不甘心地捕捉着那对他来说已经是失去了的声音。

那一声音又一次恳求着要离开这里。

"求你了，汤姆！我实在受不了啦。"

黛西那充满恐惧的眼睛表露出，无论她有过什么样的念头，有过多大的勇气，现在都已经消失得无影无踪了。

"你们两个这就动身回去，黛西，"汤姆说，"开盖茨比先生的车。"

她看着汤姆，现在她感到害怕了，但是汤姆却坚持要用他这种大度来嘲弄对手。

"你大胆去吧。他不会再搅扰你了。我想他已经清楚，他的这场妄为的小小调情已经结束。"

他们俩一声没吭地走了，纵使从我们同情的眼光望去，他们两个也像是鬼魂和影子一样显得孤苦伶仃了。

待了一会儿后，汤姆站了起来，动手把没有开瓶的威士忌裹包到毛巾里。

"要不要喝一点？乔丹？……尼克？"

我没有回答。

"尼克？"他又问了一遍。

"干什么？"

"还喝点吗？"

"不……我刚刚记起来今天是我的生日。"

我今年三十岁了。展现在我面前的是另一个新的十年，一条有着险滩和命运多难的人生之路。

随后我们和汤姆坐进那辆蓝色小轿车起程回长岛，那时已经是晚上七点钟了。一路上汤姆一个劲儿地说着，高兴地笑着，可是他的声音却显得离我和乔丹很远很远，就如同是便道上异样的喧嚷声和高架桥上面的嘈杂声一样。人的同情心是有限度的，我们俩愿意让他们那所有的痛苦的纷争，像在我们身后隐去的城市灯光一样消逝掉。三十岁——预示着一个孤寂的十年的开始，自己周围相识的单身汉越来越少，进取心和热忱消退，头发也变得稀疏起来。不过，还有乔丹在我的身边，和黛西不同，她人很聪明，讲求实际，不会把那早已忘怀的旧情老梦搬弄到现在来。在轿车驶到黑暗的大桥上时，她那倦了的脸庞慵懒地靠在了我的肩头，我那三十岁到来之际的担心和畏惧，随着她的手紧紧抚在我的手上而消失了。

这样，在变得凉快起来的暮色中，我们的车朝着死亡开去。

在死灰谷旁开着一家咖啡店的年轻希腊人米凯利斯是事故调查中的主要见证人。他五点钟睡起晌午觉后便溜达到车行这里，发现乔治·威尔逊在他的办公室里病着——他真是病了，脸色像他的白发那般苍白，浑身打着哆嗦。米凯利斯劝他卧床休息，可是威尔逊拒绝了，说如果那样他就会失掉一大批业务。在他的邻居尽力劝说他的当儿，从楼上传来一阵拼力的喊叫声。

"是我把我老婆锁在了上面，"威尔逊平静地解释说，"她得这样子待到后天，然后我们就要搬走了。"

米凯利斯很惊讶，他们是邻居已经四年了，威尔逊从来没有胆量敢说出今天这样的话。他是那种身单力薄的人，在他不工作的时候，他总是搬个椅子坐在门廊下，痴呆地看着路上过往的行人和车辆。人们跟他说话时，他总是温顺地淡淡一笑了之。他是他老婆的影子，而不是他自己。

因此米凯利斯很自然地想发现出到底发生了什么事情，可威尔逊却只字不提，反而用奇怪怀疑的目光看着他的客人，并向他问起某些天的某些时刻他在干什么。正当后者被问得感到了不安时，有个工人模样的人路过车行的门口朝他的饭店走去，米凯利斯借这个机会走开了，想着晚些时候再过来看看。但是他没有来。他觉得他是忘了，这就是原因。他在七点钟稍过一点儿又走到了外面，从车行里传出的威尔逊夫人很高的责骂声，使他想起了方才和威尔逊先生的那场谈话。

"你来揍我呀！"米凯利斯听见她喊，"来把我按在地上揍我呀，你这个肮脏的胆小鬼！"

片刻工夫之后，她挥舞着手臂呼喊着冲到暮色之中——米凯利斯还没有来得及在他的家门口挪动地方，这场灾难便结束了。

这辆被报纸上称为"死亡之车"的轿车并没有停下，它从渐渐聚拢的黑暗中驶出，痛苦地左右摇摆了几下，然后在开到下一个转弯处时消失了。米凯利斯甚至没有看清楚它的颜色——他告诉警察那轿车是浅绿色的。另外一辆开往纽约方向去的小车停在了一百码以外，它的司机下了车，匆匆跑到出事的地点，只见茉特尔·威尔逊跪卧在路上，她浓浓的黑红色的血已经和尘土凝聚在一起，她那充满活力的生命猝然熄灭了。

米凯利斯和这位司机是最先到达出事地点的人，当他们撕开那仍然浸着她汗水的衬衣时，他们看见她左边的乳房已经像个垂重物似的松弛耷拉下来，因而没有必要再去谛听这乳房下面的心脏是否跳动了。她的嘴满张着，嘴角有撕裂的痕迹，仿佛她在抛出她积蓄了这么久的巨大生命力时被梗塞了一下似的。

在我们行驶到离这里还有一段距离的时候，我们看到三四辆汽车和一大群人。

"车祸！"汤姆说，"这下好了，威尔逊总算有点儿生意做了。"他减慢了速度，不过并没有想要停下，直待我们驶到近前，看见车行门口人们脸上严肃紧张的表情，他才不由自主地踩住了刹车。

"我们过去看看吧，"汤姆迟疑地说，"就看一眼。"

我现在依稀听到了从车行里不断传出的哭嚎声，我们下了车朝着车行门口走去，这声音逐渐变得清晰起来，听到了"啊，上帝！啊，上帝！"的不断叫声和抽泣声。

"这里一定是出了什么事。"汤姆激动地说。

他踮着脚尖从围观的人群上方向车行里瞧，现在的车行里只点着一盏用铁丝罩从顶上吊下来的摇曳着的黄色灯火。汤姆使劲儿地干咳一声，接着便用他那有力的胳膊左推右搡地挤了进去。

围着的人群不满地嘀嘀咕咕了一阵又聚拢起来。我有一分钟什么也看不见。后来新到的人打乱了原来围起的圈子，我和乔丹突然之间被挤到了里面。

茉特尔·威尔逊的尸体停放在靠墙边的工作台上，身上裹着一张毛毯，然后在那外面又裹上了一张，仿佛她在这炎热的夜晚受了风寒似的。汤姆背对着我们，弯下身子一动不动地盯着尸体。他的旁边站着一位骑摩托车赶来的警察，正汗流满面地在一个小本上记下名字，还不时地涂改着什么。起先我找不出回荡在这空空车行里的高扬哭喊声来自哪里——后来我才看到是威尔逊站在他办公室的门槛上，两手抓着两边的门框前后摇晃着恸哭。有个人在跟他低声地说话，一边不时地试着把一只手放在他的肩膀上。可是威尔逊什么也听不见，什么也看不见，他的眼睛总是慢慢地从摇曳着的那盏黄色灯火扫到墙边放尸体的工作台上，然后又转回来看着那盏灯，同时不断地发出可怕的喊声：

"啊，我的上帝！啊，我的上帝！啊，我的上帝！啊，我的上帝！"

这时汤姆猛地抬起了头，在扫视了车行一番后，对着警察含糊不清地咕噜了一句什么。

"M—a—v……"警察嘴里念着，"O……"

"不对，是r……"被问的那个人纠正说，"M—a—v—r—o……"

"R……"警察接着念，"O……"

"G……"

"G……"等到汤姆的大手重重地落在他的肩膀上时，他才抬起了头，"你想做什么，老兄？"

"怎么出的事？——这就是我想知道的。"

"一辆汽车撞了她。当场就撞死了。"

"当场就死了。"汤姆瞪着两眼重复着。

"她跑到公路上。那个狗娘养的连车都没停一下。"

"当时有两辆小车，"米凯利斯说，"一个来的，一个去的，明白吗？"

"去哪里的？"警察机警地问。

"反正是对开的两辆车。哦，她……"他的手升起来朝向毯子那边，可是在伸出到一半的当儿又落在了他的身侧，"她跑到公路上，一辆时速三四十英里、从纽约方向开来的小车迎面撞倒了她。"

"这地方叫什么？"警察问。

"这地方没有名字。"

一个脸色发青、穿戴很好的黑人向前凑了凑。

"那是一辆黄颜色的小车，那种豪华的黄色轿车。很新。"

"看到事故的发生了吗？"警察问。

"没有。不过那辆车是从我身边飞驰而去的，时速超过四十英里，可能在五六十英里。"

"到这里来，让我记下你的名字。喂，大家让一让，我要记下他的名字。"

这场谈话中的一些内容一定是传到了还在办公室门口摇晃着身子的威尔逊的耳朵里，因为他的哭叫声中突然加进了新的声音和语义：

"你们不必告诉我那是一种什么样子的车！我知道它是什么样子！"

我注视着汤姆，只见他肩膀后面的块肌在他的衣服下面绷紧了起来。他很快走向威尔逊那里，站在他的面前，用手抓住他的双臂。

"你要振作起来。"他用很硬的声音劝慰说。

威尔逊的眼睛落在了汤姆身上。他猛地惊得踮起了脚尖，而后要不是汤姆托着，他早就瘫倒在地上了。

"你听着，"汤姆轻轻地摇晃着他说，"我一分钟前刚从纽约那边赶到这里。我是给你带来了我们俩谈妥了的那辆车。今天下午我驾驶的那辆黄色轿车不是我的——你听到了吗？我整个下午再没见过它。"

只有那个黑人和我离得较近听到了汤姆说的话，不过那位警察也好像从这语调里听出了什么，向这边投来逼人的目光。

"这是怎么回事？"那个警察问道。

"我是他的一个朋友，"汤姆转过脸来，可是他的两只手仍然牢牢地托着威尔逊的身体，"他说他曾见过这辆出事的车……它是一辆黄色轿车。"

某种模糊的本能使得这位警察用怀疑的目光打量着汤姆。

"你是什么颜色的车？"

"是一辆蓝色轿车。"

"我们是从纽约直接开来的。"我说。

刚才在我们后面的一辆车上的人出来为我们作证，警察这才转过身去：

"现在，请你把那个名字再正确地告诉我一遍……"

汤姆像拎个布娃娃似的，将他抱到了办公室里，扶他坐下后走了出来。

"喂，哪位请到屋里陪他坐一坐。"汤姆用发号施令的口吻说。有两个站在最前面的男人相互对视了一下后不情愿地走了进去。汤姆看着他们进屋后关上了门，接着便步下台阶，眼睛没有再看工作台那边。在走到我身旁时他悄悄地说了声："我们出去吧。"

有汤姆像个权威人士似的用他的胳膊肘为我们开路，我们不好意思地跟着他挤出了聚集的人群，迎面碰上一个手提药箱急匆匆赶来的大夫，他是半小时前人们尚存有一线希望时派人去叫的。

汤姆一直缓缓地驾驶着车走过弯口——在这之后，他的脚使劲儿地踩下了油门，小车便在夜色中疾驶起来。有一会儿我听到低而沙哑的抽泣声，看到眼泪顺着他的面颊流淌着。

"这个天咒的胆小鬼，"汤姆呜咽着说，"他甚至连车也没敢停下。"

穿过黝黑的飒飒作响的树林，布坎恩夫妇的房子便一下子迎面进入我们的眼帘。汤姆把车停在门廊前，抬头朝楼上望了望，楼上有两个窗户的灯光在藤蔓覆盖着的楼墙中间亮着。

"黛西已经回来了。"他说，下车后，他看了我一眼，微微地蹙起眉。"我该让你在西卵下车就好了，尼克。今晚我们没有什么事了。"

在这段时间里汤姆身上有了一种变化，他说话变得严肃了，而且富于决断。在我们走过洒满月光的石子路面

来到门廊这边时，他用简短的几句话便为我们做出了安排。

"我将打电话要个出租车送你回去，在你等车的当儿你和乔丹最好到厨房里，如果你们想吃点儿什么的话，叫仆人们给你们弄点儿饭吃。"他说着推开了房门，"请进。"

"不，谢谢。你能帮我要车我已很感激。我就等在外面。"

乔丹把手放在了我的胳膊上。

"你不进来了吗，尼克？"

"不，谢谢。"

我觉得有些不舒服，想一个人单独待着。但是乔丹又多逗留了一会儿。

"现在刚刚九点半钟。"她说。

我要进去我才是见鬼呢，在这一天里我经历了他们这么多的事情已经够烦的了，我突然觉得乔丹也包括在这其中。她一定是从我的脸上看出了一些我的这种心绪，因为她忽然扭转身子，跑上门廊的台阶进到屋子里去了。我用手捧着头坐在那里等了一会儿，直到我听见里面的电话被拿了起来以及管家对着电话要车的声音。然后我顺着车道慢慢地向前走，心想在大门口那里等着出租车的到来。

我还没走出二十码远，突然听到有人喊我的名字，然后就见盖茨比从路旁的灌木丛中跃上了小路。那个时候我的感觉一定是已经有些麻木和迟钝了，因为我除了想着当时在月色下闪着光的盖茨比的那身粉红色套装，脑子里什么思想也没有了。

"你在干什么？"我问。

"只在这儿站一站，伙计。"

说不清为什么，这好像是一种可耻的行径。据我揣测他很快就会去抢劫这所房子了，如果这个时候我看到在他身后的灌木丛里隐藏着那些沃尔夫西姆的狐朋狗党的狰狞面孔，我也一定不会感到惊讶。

"你看到路上出的车祸了吗？"他停了一会儿后问。

"看到了。"

他迟疑了一下。

"她被压死了吗？"

"死了。"

"我当时就是这么想的，我告诉黛西说我想她被压死了。我觉得连死讯一并告诉她，让打击一下子都到来，这样要好一些。她经受住了这一打击，表现得很镇定。"

听他那说话的口气，好像黛西当时对此事的反应才是最重要的。

"我是从一条边道上开到西卵镇的，"他继续说，"把车放进了我的车库里。我想谁也没有看到我们。当然啦，我也不敢保险。"

在这个时候我已经对他厌恶至极，我甚至觉得没有必要再告诉他他的看法是错误的了。

"那个女的是谁？"他问。

"她的名字叫茉特尔·威尔逊。她丈夫开着一家车行，这事到底是怎么发生的？"

"哦，我试着去扭转方向盘……"他突然停住不说了，我倏地猜到了事情的真相。

"是黛西开的车？"

"是的，"他过了一会儿说，"不过，当然我会说是我开的。你知道，在我们离开纽约的时候，黛西的情绪非常糟糕，她以为驾车会帮助她镇静下来——当这个女人冲到公路上奔向我们的时候，我们的车正在躲闪迎面来的一辆车。祸瞬息之间就闯下了，不过我好像觉得那个女人想和我俩说些什么，她以为我们是她认识的什么人。唉，起先黛西闪过她朝对面的车开，可是她胆怯了，又把方向盘打了回来。当我抓到方向盘的时候，我已感觉到车身的猛一震动——小车一定是当场就把她撞死了。"

"车子碾开了她的身体……"

"不必说了，伙计。"他战栗了一下，"不管怎么样……黛西还是踩着油门往前开。我想使她停下，但是她不能，于是我拉了紧急刹车。她倒在我的膝上，然后我驾驶上了车。"

"她明天就会好起来的，"他接着又说，"我就等在这里，看看汤姆是不是为今天下午的这场不愉快再去烦扰她。她已经把自己反锁在了她的房间里，如果他要粗暴地对待她，她便会把灯关上然后再打开的。"

"他不会碰她的，"我说，"他现在心里想着的不是她。"

"我可不相信他，伙计。"

"那你打算等上多久呢？"

"一个晚上，如果需要的话。不过至少要到他们都睡了以后。"

我突然想到这件事情的新的一面。设想汤姆发现了是黛西驾驶的车，他也许会认为这事与他家有了牵连——那么他会想出任何招数的。我注视着汤姆的房子，楼下有两三个窗户亮着，二层上黛西的房里映出粉红色的灯光。

"你等在这儿，"我说，"我去看看会不会有任何吵闹的迹象。"

我沿着草坪踅了回去，轻轻地穿过了石子车道，蹑手蹑脚地走上回廊的台阶。客厅的窗帷没有拉上，屋里是空的。穿过三个月前一个六月的夜晚我们曾在那里吃过饭的门廊，我走到一小块像是从餐具间的窗户里投出的矩形的灯光里。窗帘放下来了，不过我在窗户框上发现了一条缝隙。

黛西和汤姆面对面地坐在餐桌旁，桌上摆着一盘冷炸鸡和两瓶啤酒。汤姆神情专注地向桌子对面的黛西说着什么。在他如此倾心谈着的当儿，他的手落下并覆在了她的手上。她间或抬眼望着他，点头表示同意着什么。

他们看上去并不快活，两个人谁也没有去碰一下炸鸡和啤酒——可是他们也并不显得忧烦。在这一幅画面中洋溢着一种自然无间、融洽亲密的气氛，毫无疑问不管谁见了都会说，他们二人在秘密地谋划着什么。

我踮着脚尖刚从门廊那里走下来，便听到了出租车沿着漆黑的公路向这边慢慢驶过来的声音。盖茨比还等在我刚才离开他时的车道上。

"那里没有什么动静吧？"他着急地问。

"没有，一切都很平静。"我犹豫了一下后又说，"你最好还是回家去睡吧。"

他摇了摇头。

"我想等到黛西睡了以后。晚安，伙计。"

他把手插在他的上衣口袋里，转过身去急切地注视那房子，好像我的在场妨害了他在这守夜的神圣性似的。于是我走开了，留下他站在那里的月色中——徒劳地注视着。

chapter 08

·第八章·

　　我整夜没睡，雾笛声在桑德海湾上空一个劲儿地凄恻鸣响，我辗转反侧，像生了病一样，理不清哪些是狰狞的现实、哪些是可怕的梦魇。在接近黎明时，我听到一辆出租车开上盖茨比家的车道，我一骨碌从床上爬起来开始穿衣服——我觉得我有什么事情得告诉他，要叫他小心和警惕，早晨去怕就太晚了。

　　我穿过他的草坪，看见他的前门仍然开着，他正倚靠着大厅的一张桌子，满脸的沮丧和倦怠。

　　"什么事也没有发生，"他无精打采地说，"我一直等在那儿，大约四点钟的时候她来到窗前，站了有一分钟，然后关灭了灯。"

　　在我看来，他的房子从来也没有像这一晚上我们四下在他的各个屋子寻找烟抽时，显得这么宽敞和空旷了。我们把像帐篷一般的窗帘拉拽到一边，顺着墙摸黑走了数不清的步子，寻找着电灯的开关——有一次我一下子绊倒在钢琴的琴键上，弄出一阵怪响。到处布满了厚厚的灰尘，所有的屋子里都有一种发了霉的味道，好像多少天来它们都没有通过风似的。我在一张我以前没见过的桌子上找到了一个保润盒，里面放着两支又干又变了味的香烟。打开客厅里的落地式长窗，我俩坐下对着外面黑漆漆的夜抽着烟。

"你应该离开这里，"我说，"他们肯定会找你的车。"

"现在就离开，伙计？"

"到大西洋城①或是到蒙特利尔②去待上一个星期。"他根本听不进去。在他还没有得知黛西决定怎么做以前，他是不会离她而去的。他在拼力抓住那最后的一线希望，我怎能忍心将他拽开？

就是在这个晚上他告诉了我他年轻时与丹恩·科迪在一起的那段奇异的经历——他之所以讲给我听，是因为"杰伊·盖茨比"面对汤姆的恶毒嘲讽已经像玻璃一样被砸得粉碎，而这一长期罩着神秘色彩的狂热幻想曲也已经演奏完毕。我想他现在会毫无保留地承认自己所做过的一切，只是他想要讲的是关于黛西。

黛西是他所认识的第一个"好"姑娘。他曾以各种隐蔽的身份接触过类似的女性，但是总觉得有一层无形的或许是加进了自己好恶的铁丝网隔在他们之间，他发现黛西是那么地迷人和完美。

他先是与泰勒军营里的其他军官一起到她家里，后来便一个人去了。黛西的家使他惊讶之至——他以前可从来没有进过这么漂亮的宅邸。不过赋予这房子令人屏息忘返之气氛的，还是因为黛西住在那里——尽管这房子在她眼里并无什么特别之处，就像营帐于他而言也从不会被放在心上。在这栋房子里面有一种醇美的神秘感，它能给人许多的遐想：这楼上的卧室一定比别人家的更美丽更清爽，走廊里到处进行着愉快而又精彩的活动，到处充满着浪漫的情趣，这可不是陈腐的已经用薰香草存放起来的那一种，而是使人联想到今年新出产

①美国新泽西州城市。
②加拿大港口城市。

的闪闪发亮的小车和鲜花尚未凋谢的舞会的那一种。已经有那么多的男人爱上了黛西，这也使他激动不已——因为这一点增加了她在他心目中的价值。他能感觉到他们在这所房子里的存在，感觉到弥漫在这空气中的仍然依稀震颤回响着的笃深情意。

但是他知道他在黛西家里纯属那种偶然的来客。不管他的作为杰伊·盖茨比的将来多么荣耀，他眼下可是个没有来头、没有分文的年轻人，而且他的军官制服也可能在任何时候从他的肩头上滑落掉。因此他必须最充分地利用他的时光。他尽兴和无所顾忌地攫取他所能得到的——终于在一个十月的静谧夜晚他骗取了黛西的爱，之所以这么说是因为从真正的意义上讲，他连摸摸她的手的权利也不配享有。

他本来会为此而蔑视自己，因为他无疑是通过虚假和伪装骗得了她的爱。我并不是说他用他那虚幻的百万财产来笼她的心，而是他有意识地给予黛西一种安全感；他使她相信他也是出身于像她那样门第的人家——他完全能够照顾好她。当然事实上他根本没有这样的能力——他没有一个丰裕舒适的家做他的靠山，只要不通人情的政府一声令下，他便会漂泊到世界上的任何一个地方。

但是他无须鄙视自己，事情的结局并不像他所想象的那样。他起初也许打算享受到他所能获得的，然后一走了之——然而，他现在却发现他已使自己献身于一种理想和追求。他知道黛西是个非同一般的姑娘，可是他却没有意识到一个"好姑娘"会有多么地与众不同。她消逝在了她那奢华的房子里，消逝在了她那富裕充实的生活之中，留给盖茨比的——只是一无所有。他好像觉得已经和她结了婚，仅此而已。

当他们两天后再次会面的时候，倒是盖茨比觉得魂不守舍，像是受了玩弄和诱骗似的。映着满天的星光，她的周身发着光华，像一只耀眼的火炬一样；当她倾身向他，他亲吻着她那妩媚美妙的芳唇时，他们身下的柳条长靠椅吱扭吱扭地响着为他们助兴。她当时得了感冒，声音因此比平时显得沙哑而更加迷人；盖茨比比以往任何时候都深切地感受到了财富所能赐予青春的魅力和它所能持有的神秘，感受到了锦衣靓饰的清新怡人，意识到像银子似的发着熠熠光彩的黛西，安然倨傲于穷苦人为生存所作的拼死斗争之上。

"我简直无法向你表达当我发现我爱上了她时，我是多么吃惊，伙计。我甚至有一阵子希望她能丢开我，可是她没有，因为她也爱上了我。她觉得我懂得很多，因为我知道许多为她那个世界所不知晓的事情……哦，就这样我把我的理想抱负抛在一边，渐渐地在爱河中越陷越深，到后来突然之间我对一切都不在乎了。只要我能和她在一起，把我打算做的事讲给她听，我便足矣，去做那些创业立功的事又有什么用呢？"

在盖茨比出国征战的前一天下午，他将黛西搂在怀里，默默地坐了很久很久。那是秋季里较冷的一天，屋子里生着火，她的双颊上泛着红晕，她不时地挪动一下身体，他也让他的胳膊略微变换一下姿势，有一次他吻了她那亮泽的秀发。那天下午有一阵子他们变得很恬静，仿佛天也有情，想为翌日的长离久别给他们留下铭心的记忆。在这一个月的热恋中，有多少次她无言地用嘴唇拂着他的肩头或是他轻轻地摩挲着她的手指尖儿仿佛她已经睡熟，可是哪一次也比不上现在叫他们觉得亲密，哪一天也比不上此刻使他们彼此的心灵得到了更深刻的交流。

他在战争中表现得相当出色。他在上前线之前是一名中尉，经过阿贡战役后他晋升为少校和机枪营的营长。停战以后他千方百计地闹着回国，但是由于某些复杂的原因和所发生的误会，他被送进了牛津大学。他现在焦急起来——

在黛西的一封封来信里有一种担心和绝望。她不明白他为什么不能归来。她感觉到外界对她的压力。她想见到他并亲身感受到他在她身旁的存在，以使自己确信她这样做毕竟是对的。

这是因为黛西当时还很年轻，她的周围又是一个矫饰浮华的世界，充满着鲜花的芳香和令她愉悦的阿谀奉承，充满着刻意用新的曲调来反映现实生活的意蕴、悲观以及流行风尚的管弦乐队。萨克斯管通宵吹奏着，奏出《比尔街爵士乐》的哀婉音乐，成百对穿金戴银的情侣们翩翩起舞，踏起的尘土在灯光下闪闪发亮。在快乐的喝茶时间里，总有一些茶馆里充溢着恋人们卿卿我我的甜蜜窃语声，娇嫩欲滴的面庞在这中间飘来荡去，宛如玫瑰花瓣被奏着凄婉音乐的喇叭吹落在了地面上，到处都是。

在这灯红酒绿的世界中，黛西又开始追求时尚；她又开始在一天里分别同五六个男人一一约会，玩到黎明时才昏昏睡去，晚礼服上的珠饰和薄纱与枯萎着的兰花缠绕在一起，乱堆在她床前的地板上。她的内心总有个声音在呼唤着叫她做出抉择。她想叫她的生活现在马上就决定下来，让近在她身边的一种

力量——爱情，金钱，完全地实际可行——给予决断。

这种力量于春天的四月随着汤姆·布坎恩的到来而成形了。汤姆健壮的身体和他的地位都给人一种财大气粗的安全感，黛西心里满足了。毫无疑问，这里也有过一定的思想斗争和随之而来的解脱感。这样的一封信寄到盖茨比手里时，他还在牛津大学读书。

这时的长岛已经是黎明了，我们把楼下所有的窗户都打了开来，让晨曦透进到房间里。一棵大树飘忽之间将它的影子映在沾满露珠的草坪上，精灵似的鸟儿开始在葱茏的树林里鸣啭。空气在令人神怡地缓缓拂动（几乎都不能称其为风），预示着一个凉爽美好的天气。

"我认为她从来也没有爱过他，"盖茨比从一个窗户那儿转过身子，用挑战似的目光望着我，"你一定记得，伙计，她今天下午非常地激动。他告诉她这些事情的那种方式吓坏了她，使她觉得我好像是个一文不值的骗子。这样一来，她连她自己在说什么也不知道了。"

他忧郁地坐下了。

"当然，在他们刚刚结了婚的时候，她也许爱过他那么一小会儿——不过即使在那个时候，她爱我也胜于爱他，你明白吗？"

突然之间他又冒出一句令人纳闷的话。

"不过，不管怎么样，"他说，"这只是我个人的看法。"

从这话里，除了能窥测出他对这一无法衡量出的情事之紧张的思考程度，还能推断出什么呢？

他从法国回来的时候，汤姆和黛西还在他们结婚旅行的途中，他用部队上发给他的最后一点钱对路易斯维尔做了一次感伤而他又无法不让自己去做的旅行。在那里他逗留了一个星期，沿着在十一月的夜里他俩的足迹曾踏上过的那些街道徘徊，重访了他俩一起乘着她的白色小轿车去过的那些偏远旧地。正如黛西的家在他看来总是比别人的家更神秘、更快活一样，他觉得这座城市——纵使她已经离开了——也弥漫着一种凄凉之美。

在他离开这座城市的时候，他觉得只要他再努力地寻觅一下，他便能够找到她了——他觉得他是把她留在了身后。白天的普通客车——他现在已经分文没有了——里面很是闷热。他走出到火车露天的通廊上，坐在折叠椅子里，看着车站和他不熟悉的那些楼房的背影落在了后面。然后火车驰到春天的田野里，一辆黄颜色的电车这时与他们并行了一会儿，这电车里的人有谁曾经在哪条街道上见过她那苍白迷人的脸庞。

铁道上出现了一个转弯，火车就要驶离落着阳光的地方，这时太阳已经转到西边天上，把它的光辉遍洒在她曾生息过的这个正在隐去的城市上面，他绝望地伸出手去，好像要抓住一丝空气，保留下因为她的存在而使这地方变得美好的一块碎片。可是现在这一切都在他充满泪水的眼睛前飞一样地逝去，他知道他已经永远地失去了爱情中最美好、最清新的那一部分。

我们吃完早饭的时候已经是九点钟了。我们步出到门廊上，一夜之间，天气发生了明显的变化，空气中荡漾出几分秋天的味道。那个园丁，盖茨比留下的唯一的老用人，来到台阶这里。

"我今天打算把池子里的水放掉，盖茨比先生。树叶不久就要落，到那个时候排水管就该出毛病了。"

"今天不要放，"盖茨比回答道，他带点歉意地转向我，"你知道吗，伙计，整个夏天我也没顾上在这池子里游个泳。"

我看了看表，站了起来。

"火车再有十二分钟就要开了。"

我并不想到市里去。我根本打不起工作的精神来，不过，还有比这更深的缘由——我不想离开盖茨比。我误过了那趟火车，又误了下一趟，才决定动身走。

"我会给你来电话的。"我最后说。

"好的，伙计。"

"我中午前后打电话给你。"

我们慢慢地步下台阶。

"我想黛西也会来电话的。"他焦急地望着我，仿佛希望我能加以肯定。

"我想也是。"

"嗨，再见。"

在我们握了握手后，我动身离去。可在我刚刚走到篱笆那里时，我忽然记起了什么，转过身来。

"他们都不是什么好人，"我隔着草坪喊，"把他们全加在一起也顶不上你一个。"

我很高兴我说了这句话，这是我给他的唯一一句赞扬的话，因为从始至终我都并不赞同他的作为。起先，他客气地点了点头，然后他的脸上便绽开了那种使人难忘的善解人意的笑容，仿佛我们两人在这一点上是早有共识似的。他的鲜艳的粉红色套装借着白色台阶的映衬显得更加耀目，我想起了我第一次来到他府上的那天晚上。那时的草坪和车道上都挤满了那些约略猜出他有所不端的人们，他站在这些台阶上，怀里藏着他那不灭的梦想，向他们挥手告别。

我谢了他的款待。我们总是为此而感谢他——我和别的人们。

"再见，"我大声说，"谢谢你的早饭，盖茨比。"

在城里，我有一会儿试着努力把没完没了的股票行情报价抄下来，可没多久我便在转椅上睡着了。快到中午时电话铃唤醒了我，我吃了一惊，前额上渗出冷的汗滴。原来是贝克小姐，她常常在这个时候给我打电话，因为她出没于旅馆、俱乐部和私人宅邸里，行踪无定，不用这种方法很难找到她。通常她的声音从电话上传过来总是那么清爽，仿佛是打高尔夫球时球棒从场地上削起的一小块泥土飞到办公室的窗前，可是今天上午这声音却让我觉得生硬和枯燥。

"我已经搬出了黛西家，"她说，"我现在住在亨普斯特德，今天下午我计划去南安普敦。"

或许离开黛西家是一聪明之举，可她的做法还是使我恼火，她的下一句话也叫我生气。

"昨天晚上你对我的态度不是那么好。"

"可在当时的情况下，谁又会去计较呢？"

在沉默了片刻后，她又说：

"不管怎么说……我想见你。"

"我也想见你。"

"我今天下午不去南安普敦，去城里看你好吗？"

"不……我想今天下午不行。"

"好吧。"

"今天下午不可能。以后……"

我们像这样子又聊了一会儿，末了我们突然谁也不再说话了。我不知道我们两人是谁先咔嚓一声挂断了电话，不过我并不在乎。即使在这个世界上我以后永远再不能和她谈话，我那天也不会在茶桌旁跟她聊天的。

几分钟以后，我给盖茨比家打了电话，但线路一直占着。我打了四次，最后，一个总台接线员不耐烦地告诉我是底特律打来的长途占着线路。我掏出火车时刻表，在三点五十发的火车上画了个圈，末了，我向后靠在椅子上沉思起来。那时适值正午。

当那天早晨火车经过死灰谷时，我特意走到车厢的这一边。我想车行那儿一整天都会有好奇的人群围着，孩子们会寻找尘土下面的黑色血迹；嚼舌的男人们会一遍又一遍地讲述所发生的事情，直到连他们自己都觉得这事变得越来越失去真实，无法再把它讲下去，直到茉特尔·威尔逊的悲惨结局被世人所遗忘。现在我想稍稍往前追溯一点，把前天晚上我们离开车行后那儿所发生的事情讲述一下。

人们费了老大劲儿才找到了茉特尔的妹妹凯瑟琳。那天晚上她一定是打破了她自己不喝酒的戒律，因为当她被叫来的时候她喝得醉醺醺的，怎么也听不明白救护车已经向费拉教堂开去的话。在人们使她确信了这一点后，她即刻便晕过去了，好像这是整个事件中她最不能忍受的部分。有个人不知是出于善意还是好奇，把她扶上了他的车，跟在她姐姐遗体的后面一路追去。

直到午夜过后，川流不息的人群还围聚在车行的门前，而乔治·威尔逊则一直在屋里的沙发上前仰后合地哭喊。有一会儿办公室的门敞开着，进到车行里的人都不自觉地朝那里瞟上几眼。后来有人说这样不好，便关上了门。米凯利斯和其他几个男人与威尔逊在一起，一开始有四五个人，后来成了两三个人。又过了一些时候，米凯利斯请留到最后的那个陌生人多等了十五分钟，他回到他家煮了一锅咖啡端来。在那以后，他一个人陪着威尔逊直到天明。

在凌晨三点钟以后，威尔逊前言不搭后语咕哝着的内容发生了变化——他慢慢地变得平静下来，开始谈起了那辆黄色轿车。他一本正经地说他有办法找出那辆黄色小车的主人，然后他含糊不清地说起几个月以前他妻子从纽约回来时脸上被打得鼻青脸肿的事。

可是当他听到自己在自言自语着茉特尔的脸时，他不由瑟缩了一下，又呜呜咽咽地哭喊起："啊，我的上帝！"米凯利斯开始笨拙地绕着圈子说话，以转移他的注意力。

"你结婚多长时间了，乔治？到这边来，试着安静地坐上一会儿，并且回答我的问话。你结婚多长时间了？"

"十二年了。"

"有过孩子吗？过来，乔治，安静坐一会儿——我在问你话呢。你有过孩子吗？"

成群的硬甲虫在飞撞着那盏暗淡的灯火，每听到一辆小车尖啸着驶过外面的公路，米凯利斯就觉得那仿佛是几个小时前肇事后没停下的车子。他不愿意走到汽车修理间去，因为那工作台上沾有威尔逊太太身上的血迹，所以他只能在办公室里不安地四下走动——黎明前他已经熟悉了这屋子里的任何一件东西——不时地坐到威尔逊身边，尽可能地让他保持安静。

"你间或有个教堂可去吗，乔治？也许你好长时间都没有去过那儿了吧？我给教堂打个电话，请一个牧师过来和你聊聊好吗？"

"我不属于任何一个教堂。"

"你应该有个做礼拜的教堂，乔治，尤其是类似这样的时候。你一定曾经去过教堂的。难道你不是在教堂里面结的婚吗？听着，乔治，听我说，你是在教堂里结的婚吗？"

"那是很久以前的事了。"

威尔逊要思考回答问题，身子左右摇晃的节奏被打破了——有一会儿他安静了。可没多久半清醒半痴呆的神情又流露在他那暗淡无光的眼睛里。

"瞧瞧那个抽屉里面。"他指着桌子说。

"哪个抽屉？"

"那个抽屉——靠那边的。"

米凯利斯打开在他手边的那个抽屉，里面除了一条拴狗用的精致的小皮带，什么东西也没有。它看起来还很新。

"是这个吗？"他拿起来问。

威尔逊瞪着眼睛看着，点了点头。

"我是昨天下午发现它的。她极力地跟我解释，但是我知道这东西来得有点蹊跷。"

"你是说它是你妻子买的？"

"她用薄绵纸包着，放在她的梳妆台上。"

米凯利斯从这件事里看不出有任何可奇怪的地方，他给威尔逊讲了十多个理由，说明他的妻子为什么会买下这条拴狗的皮带。可是，可以想见威尔逊以前从茉特尔那里也听到过一些类似的说法，因为他又开始低泣起"啊，我的上帝！"——安慰他的人只好把未来得及说出的解释搁置在一旁。

"那么，是他杀了她。"威尔逊说，他的嘴一下子张得老大。

"是谁杀了她？"

"我有办法搞清楚。"

"你又糊涂了，乔治，"他的朋友说，"这件事一直使你处在极度的紧张悲痛中间，你也不知道你在说什么。你最好是能安静地坐到天亮。"

"是他害死了她。"

"这是意外事故，乔治。"

威尔逊摇摇头。他的眼睛眯缝着，微张着嘴，轻蔑而又很奇怪地"哼"了一声。

"我知道，"他确有把握地说，"我是个信任别人的人，从不轻易怀疑任何人，但是当我终于看准了一件事的时候，那它就不会有错。杀她的是那辆车里的那个男人。她跑出去和他说话，他却不愿意停下车。"

米凯利斯当时也注意到了这一点，但是他没有想过这里面会有什么特别的意义。他认为威尔逊太太是在跑着想躲开她的丈夫，而不是想要拦住哪一辆车子。

"她怎么会做这样的事情呢？"

"她是那种叫人很难看透的女人。"威尔逊说，仿佛这就回答了这个问题。"啊呀呀——"他又开始摇晃起来，米凯利斯站在一边，用手绞扭着皮带。

"或许你有什么朋友，我可以打个电话叫他来，乔治？"

这种希望太渺茫了——他几乎可以肯定威尔逊没有朋友：他连他的妻子都应付不了。稍后他心里宽慰了一些，外面已显出鱼肚白色，可以拉灭屋里的灯了。

威尔逊呆钝的目光望到了外面的死灰谷去，在那边的天空里，小块的铅色云团呈现出怪异的形状，于晨风中急匆匆地飘荡着。

"我曾讲给她听，"经过长时间的沉默后，威尔逊嘟囔着说，"我告诉她，她可能蒙骗了我，但是她蒙骗不了上帝。我领她到窗前，"他吃力地站起来，走到后窗户那里，把脸贴在玻璃上，"我说：'上帝知道你干的事，知道你做的任何一件事情。你能骗了我，但骗不了上帝！'"

立在他的身后，米凯利斯吃惊地看到威尔逊正在谛视着 T.J. 埃克尔堡大夫的眼睛，这双眼睛刚刚从渐渐消散的夜色中显现出轮廓，显得苍白而又硕大无比。

"上帝知道一切。"威尔逊重复着。

"那只是个广告牌。"米凯利斯向他证实说。不知什么事使米凯利斯从窗户那里转过身看着屋里。但是威尔逊脸儿贴着窗子的玻璃，不住地朝外面的曙色中点着头，在那里伫立了好长时间。

到六点钟的时候米凯利斯已经熬得精疲力竭，幸亏此时他听到有一辆小车停在外面，才算松了口气。这是昨天夜里和他一起陪威尔逊的一个人，他答应过再回来看看的。米凯利斯做了三个人的早饭，与那个人一起吃了。威尔逊现在安静多了，他便回家去睡觉；四个小时以后他睡醒了起来急急忙忙赶到车行，威尔逊已经不见了。

他的行踪——他一直是步行的——后来追查起来，曾去过罗斯福港和盖德。在那儿他买了一块三明治，但没有吃只是喝了一杯咖啡。他一定很疲惫而且走得很慢，因为他到达盖德山时已经是中午了。到目前为止要解释他花掉的时间并不困难——一些孩子们曾看到一个人"疯疯癫癫的样子"，许多开车的人曾发现他从路边乜斜着眼睛瞅着他们。在这以后的三个小时里他不见了踪影。警察们根据他对米凯利斯说的"他有办法查清楚"的话，设想他于这段时间里是在一个车行一个车行地四处询问一辆黄色轿车。然后所有车行的人都说没有见过这个人，或许他有更容易更稳妥的办法发现出他想知道的东西。到两点半钟的时候他已在西卵，在那里他向一个人打听了一下到盖茨比家怎么走。这样看来，在此之前他已经知道了盖茨比的名字。

下午两点盖茨比穿上游泳衣，给管家留下话说如果来了电话到游泳池那里找他。他在车库里待了一下，要拿上他的客人们玩了一个夏天的那个救生垫，司机帮他给气垫充了气。然后他告诫司机说这辆敞篷轿车在任何情况下都不许开到外面去——司机有些纳闷儿，因为前面右边的挡泥板明明需要修理。

盖茨比扛着气垫，起身往游泳池走。路上他曾经站了一下换了换肩，司机问他要不要帮忙，他摇了摇头，不一会儿便消失在树叶变黄的林子里。

没有人打来电话，管家中午没有睡觉，一直等电话等到四点钟——等到即便有电话来，接电话的人也已去了的时候。我想盖茨比自己也不相信黛西还会打来电话，或许他对此已不再介意了。如果这一情况真实的话，他那时一定感觉到了他已失去了他原来的那个温馨世界，感觉到了他为这么长时间只活在一个梦里所付出的高昂代价。他那时一定举头望过令人恐怖的叶片，看到了一个陌生的天宇，他一定不由战栗了，当他发现玫瑰原来长得是那么地奇形怪状、照在疏疏落落的草叶上的阳光是那么粗鄙。这是一个没有真实的物的新世界，在那里可怜的鬼魂们四处随风飘荡，他们像呼吸空气那样吮吸着梦幻……就犹如那个面色灰白、行为举止怪诞的人①穿过形状无定的林子朝他溜了过来一样。

那个司机——他是沃尔夫西姆的被保护人之一——听到了几声枪响，事后他只是说他没有想到会有事情发生。我开车从火车站直奔盖茨比家中，我急

---

①意指杀死了盖茨比的威尔逊。作者暗指这时的威尔逊像鬼魂。

匆匆踏上前门台阶的脚步声方才惊动了宅院里的人，但是我坚信他们那时已经知道发生了什么事。我们四个，司机、管家、园丁和我，彼此无须说话，都赶忙向游泳池跑去。

当清澈的水从游泳池的一端涌出，朝另一端的排水口流去的时候，池水里有一丝不易察觉的潜动。随着池面上泛起的层层涟漪，负重的气垫沿着池子任意地漂动着。一阵几乎吹不皱水面的风儿刮来，便足以侵扰这个载着一个偶尔过客的气垫的随意进程。一堆落叶缓缓地拥着它打着旋儿，像一架经纬仪的支腿一样，追随着荡在水面上的一圈淡红色的血迹。

在我们抬着盖茨比朝房里走去的路上，园丁在不远处的草丛里看到了威尔逊的尸体，于是这场大屠杀便告结束了。

chapter 09

·第九章·

两年以后回想起盖茨比出事的那个白天、夜晚和第二天的情形，它们在我脑中的印象只是一连串警察、新闻摄影记者和报社记者没完没了地进出于盖茨比的宅院。在大门口横着拉了一条绳子，警察用它把那些好奇的孩子们挡在外面，可是不久便发现他们可以通过我的院子溜进来，在游泳池旁边总有一些孩子们张着惊愕的小嘴儿围聚在那里。有个人，或许是个侦探吧，在那天下午俯下身子察看威尔逊的尸体时，用颇为肯定的语气使用了"疯子"这个词语，他的这一纯属偶然而发的官腔便为第二天早晨报纸的报道定下了调子。

有关这件事的大多数报道都是一个梦魇——荒怪，捕风捉影，耸人听闻，虚假。当米凯利斯出场作证提到威尔逊对他妻子有外遇的怀疑时，我想整个事件的真实经过本来会是个极生动的讽刺，很快会大白于天下的——可是本能对此提供一些情况的凯瑟琳却没有说一个字。相反她对姐姐有外遇的说法表现出极大的惊骇和愤慨——她那双在修剪过的眉毛下面的眼睛很肯定地望着验尸官，发誓说她姐姐从来没有见过盖茨比这个人，她姐姐与她的丈夫过得非常幸福，从来没有过越轨的行为。她对此确信不疑，而且用手绢捂着脸恸哭起来，仿佛这种提法本身便使她忍受不了。这样威尔逊就被笼统地定为因悲伤过度而精神失常，以使这一案件能保持其最简单的形式。于是，这件事就这样不了了之。

不过，事情的这一部分似乎显得并不重要，而且似乎离我很远。我发现自己是站在盖茨比这一边——就我单独的一个人。从我给西卵村打电话报告了这场凶杀案起，对盖茨比的一切猜疑、一切有关的实际问题都找到了我的头上。起先我感到惊讶和纳闷；可后来，当他躺在房里一动也不动，不呼吸也不说话，一个小时一个小时地就这样过去的时候，我慢慢地明白了我得担负起这全部的责任，因为再没有别的人对此感兴趣——我是指那种强烈的个人兴趣，每个人最终都隐约会有点儿这样的兴趣。在我们发现了盖茨比尸体的半个小时之后，我本能地毫不犹豫地给黛西打了电话。但是她和汤姆那天下午早早就离开了，连同行李也带走了。

"没有留下任何联系地址吗？"

"没有。"

"没说他们多会儿回来吗？"

"没有。"

"他可能去什么地方了？我如何能找到他们？"

"不知道。我无法告诉你。"

我想为盖茨比找个他的朋友亲戚。我希望走进他躺着的房间，向他保证："我将给你找个你亲近的人来，盖茨比。不要着急。请相信我，我会为你找到人的……"

梅尔·沃尔夫西姆的名字在电话簿上查不着。管家给了我他百老汇办公室的地址，我向询号台问了他的电话号码，待我得知号码时已经是下午五点钟以后，那边根本没有人接电话。

"请你给再要一次好吗？"

"我已经要过三次了。"

"事情很重要。"

"对不起。那儿恐怕已经没有人了。"

我回到客厅里，看着突然之间把客厅挤得满满的这些官方人士们，蓦然想到他们只是些匆匆的过客。当他们揭开盖在尸体上的被单，定睛看着盖茨比时，他的抱怨又回响在我的脑子里：

"瞧，伙计，你怎么也得给我找个人来。你必须尽力想想办法。我孤单单的一个人可无法挨过这一切。"

有人开始盘问我，但我摆脱他们跑到了楼上，急急忙忙地翻腾着他那些没有锁上的抽屉——他从来没有确切地告诉过我他的父母死了。可我什么也没有找着——唯有丹恩·科迪的照片，一个早已被人遗忘的粗野蛮荒的象征，从墙上俯瞰下来。

第二天早晨，我派管家到纽约给沃尔夫西姆捎去一封信，信中向他打听消息并敦促他乘下一趟火车到达这里。在我写这封信的时候，我似乎觉得还有点儿多余。我相信他一看到报纸便会赶来的，就像我确信在那天中午之前黛西一定会打电话一样——但是无论是电话还是沃尔夫西姆先生都没有来；到这里来的除了更多的警察、摄影的和报社的记者，再没有别的人。当管家带回沃尔夫西姆的信时，我开始滋生出一种蔑视众人的感觉，一种我与盖茨比之间结成的嘲讽他们所有人的牢固同盟。

亲爱的卡拉威先生：

这件事对我来说是我一生中所经受的最可怕的打击之一，我几乎不能相信它是真的。那个人的这一疯狂举动的确应该让我们每个人都好好地想一想了。我现在不能赶来，因为我有些重要的生意，眼下实在抽不出身来管这件事。如果过后有什么事要我做的，请让埃德格送信来告诉我，在我听到这样一个噩耗时我几乎惊呆了，我的精神已经完全垮了，耗尽了。

忠实于你的：

梅尔·沃尔夫西姆

在下面又潦草地加上了一行：

请通知我有关葬礼的事宜，另外我一点儿也不知道他家里人的情况。

当那天下午电话铃响起，长途台说这是芝加哥打来的电话时，我以为这是黛西终于给来电话了。但是电话里传来的是一个男人的声音，显得细弱而又遥远。

"我是斯拉格尔……"

"哦？"这名字对我很陌生。

"那个信简写得真不像话，不是吗？接到我的电报了吗？"

"根本没有电报来。"

"小帕克出事了，"他很快地说，"他在柜台上交付证券时被他们抓获了。那些家伙们在五分钟前从纽约得到了消息，并预先知道了证券的号码。这谁又能预料得到呢？唉，在这些倒霉的镇子上你真不知道会出什么事……"

"喂！"我急忙打断了说，"你听着……我不是盖茨比先生，盖茨比先生已经死了。"

那边先是一阵长时间的沉默，跟着是一声惊叹……然后是急促的嘟嘟声，电话挂断了。

我想那是在盖茨比死了以后的第三天，从明尼苏达州的一个小镇拍来了一封署着亨利·C.盖兹名字的电报。上面说拍电报的人将即刻动身，请等他来后再举行葬礼。

来人是盖茨比的父亲，一个神态严肃的老人，显得非常无助和潦倒，在这暖和的九月天里，身上裹着一件价格便宜的长长的阿尔斯它大衣。由于激动，从他的眼睛里不断渗出泪珠，在我从他的手上接过他的提包和雨伞后，他便开始一个劲儿地拂着他下巴上稀疏的胡须，弄得我好不容易才替他脱下了外套。他眼见就要累垮了，于是我把他领进音乐厅里让他坐下，一边打发人给他弄点吃的。但是他不愿意吃东西，连端在手里的一杯牛奶也颤颤巍巍地溢了出来。

"我是在芝加哥报上看到这一消息的，"他说，"事情全登在了芝加哥报上。我看见后就来了。"

"我一直都不知道怎么能通知到你。"

他的眼睛不住地扫视这屋子，可又似乎什么也没有看见。

"杀他的人是个疯子，"他说，"那一定是个疯子。"

"你不想喝点咖啡吗？"我劝他说。

"我什么也不要喝。我现在已经好了，称呼你……"

"卡拉威。"

"哦，我现在全好了。他们把杰米放在了什么地方？"

我把他带进客厅里，留下他一个人陪着他的儿子。一些孩子们上到台阶上往大厅里瞧，在我告诉他们来人是谁时，他们不情愿地离去了。

过了一会儿以后，盖兹先生拉开门走了出来，他的嘴稍稍张开着，脸上微微泛着红色，眼睛里不时流出几滴孤泪。他已经到了这样的年龄，死亡对他来说已不再具有那种阴森森的吓人的感觉，在他现在第一次环视着他的周围、看到大厅雄伟和辉煌的气派以及大厅四周那些屋套着屋的巨大房间时，他的悲伤里开始掺和进一种敬畏和自豪感。我扶他到楼上的一间卧室去，在他脱下外衣和背心的当儿，我告诉他所有的安排都在等他来后定夺。

"我不知道你会怎么打算，盖兹比先生……"

"盖兹是我的姓。"

"……盖兹先生。我原想你可能要把遗体运回西部。"

他摇了摇头。

"杰米总是更喜爱东部。他是在东部发迹的。你是我儿子的一个朋友吗，称呼你……？"

"我们是要好的朋友。"

"他本该是前程无量的，你知道。他还很年轻，他的脑瓜子特别好使。"

他很动情地用手触了触他的脑袋，我点了点头。

"如果他活着，他一定能成为一个大人物。一个像詹姆斯·J. 希尔①那样的人物。他会帮助建设我们的国家。"

"说得不错。"我颇感不适地说。

他笨拙地摆弄着绣花的罩单，想把它从床上拿走，然后拘谨地躺在床边上——马上便睡熟了。

那天晚上，一位显然是心里担着害怕的人打来电话，要求先弄清我是谁后，才肯通报他的姓名。

"我是卡拉威先生。"我说。

"啊！"他松了口气，"我是克利普斯普林。"

我也感到了一丝宽慰，因为这似乎预示着在盖茨比下葬的时候又多了一位朋友。我不想把葬礼的事登在报上招来一帮看热闹的人群，所以我这阵子一直在给他的几个朋友打电话。可这些人也真够难找的。

"明天举行葬礼，"我说，"下午三点钟，就在他的家里。我希望你能再转告几个他的朋友。"

"哦，我会来的，"他急急忙忙地说，"当然我也许碰不到其他的人，不过如果可能，我会转告的。"

他说话的语气叫我产生了怀疑。

"不管怎么说，你自己一定来吧？"

"哦，我肯定会尽可能地参加的。我这次打电话是为……"

"稍等一下，"我打断他说，"你到底能不能来？"

"事情是这样的，唉，实际的情形是我与几个朋友现在住在格林尼治，

_____

①美国铁路大王。

他们希望我明天能和他们待在一起。说真的，这里明天要有个野外聚餐之类的活动。当然啦，我将尽力从那里赶来。"

我不禁大声地"哼"了一声，他一定听到了，因为他再往下说话时显得有些局促："我打电话是为了我落在那里的一双鞋。我想知道如果不是太麻烦的活，是不是能叫管家给我寄来。你知道，那是双网球运动鞋，没有它我很不方便。我的地址是 B.F……"

我没有听到这地名的全称，因为我已经挂掉了电话。

在这之后我替盖茨比感到了一种羞辱——还有一位先生在我打电话通知他时，他的话里竟暗示出盖茨比是罪有应得的意思。不过话说回来，这是我的错，因为这位先生就是一个借着盖茨比给他的酒兴来辛辣地对盖茨比进行嘲讽的人，我早该料到这一点而不必给他打电话的。

在葬礼举行的那天早晨我去到纽约见梅尔·沃尔夫西姆，我通过别的任何方法似乎都很难找到他。有开电梯的孩子指路，我推开了一扇一面印着"万字股份有限公司"字样的门，一开始房里似乎没人。可是在我"喂，喂"地喊了几声之后，听到隔壁的一个屋里响起一阵争执声，随即便有一个长得很惹人爱的犹太女人出现在里屋的门口，用一双带着戒备的黑眼睛盯着我。

"家里没人。"她说，"沃尔夫西姆先生去芝加哥了。"

她的前半句话显然是不真实的，因为从里屋里已经传出有人用口哨吹奏《玫瑰花坛》的声音，尽管吹得走了调。

"请告诉一声卡拉威先生想要见他。"

"我不能从芝加哥把他叫回来，我能吗？"

就在这个时候，一个声音，无疑是沃尔夫西姆自己的声音，从另一个屋子里喊："丝特拉！"

"把你的名字留在写字台上，"她匆匆地说，"等他回来时我会给他的。"

"可是我知道他就在隔壁屋里。"

她朝我这边跨了一步，开始将她的两只手在她的屁股上气愤地上下拂动着。

"你们这些年轻人以为你们什么时候都可以闯进这里来吗？"她责骂着，"我们对此事已厌烦至极。我说他在芝加哥，他就在芝加哥。"

我提到了盖茨比的名字。

"啊哟！"她又重新打量我，"请你等一下——你叫什么名字来着？"

她走进里间去。不一会儿沃尔夫西姆便表情严肃地站在了门道里，向我伸出了双手。他把我拉到了他的办公室，用一种庄重的声音说，这对我们所有人都是一个悲痛的时刻，末了，他递给我一支雪茄。

"我还清楚地记得我第一次遇见他时的情景，"他说，"一个刚从部队上回来的年轻少校，胸前挂满他在战场上获得的勋章。他的生活非常拮据，他不得不总是穿着军装，因为他没有钱买些便服来穿。我第一次看见他是在他走进四十三街怀恩勃兰赌场找工作的时候。他已有好几天没吃东西了。'跟我一起去吃午饭吧。'我说。他在半个钟头内一口气吃下了四块多钱的饭菜。"

"是你使他能够做起了生意？"我问。

"岂止是我使他！是我造就了他。"

"噢。"

"我从一无所有和贫民窟中把他培养成现在的盖茨比。我一眼便看出他是一个相貌堂堂、有绅士风度的年轻人，当他告诉我他进过牛津大学时我知道他能派上用场。我让他加入了美国退伍军人协会，他曾在那儿有过很高的职位。一开始他就为我的一个主顾去到奥尔巴尼做事。在一切事情上我们俩都像这个一样亲密无间，"他伸出两个粗粗的手指，"总是在一起。"

我不知道这种伙伴关系是不是也包括一九一九年世界棒球联赛的那笔交易。

"现在他死了，"过了一会儿我说，"你曾是他最亲近的朋友，所以我知道你今天下午将要去参加他的葬礼。"

"我很想去。"

"哦，那就去吧。"

他鼻孔里的毛须微微地战栗着，在他摇着脑袋的当儿，他的眼睛里溢满了泪水。

"我不能——我不能让自己搅和到里面去。"他说。

"已经没有什么可牵连的。现在一切都已经结束了。"

"在一个人被杀了以后，我从来不愿意再以任何方式被牵连进去。我总是站在一边。我年轻的时候可不是这样——如果我的一个朋友死了，不管发生什么事情我都会陪他们到底的。你也许觉得这是多愁善感，可我的确是如此——陪他们度过最痛苦的时刻，一直到最后。"

我看出他由于他个人的某种原因已决意不去参加，于是我站了起来。

"你是个大学毕业生吧？"他忽然问道。

有一会儿我觉得他就要又提起"什么关系"，但他只是点点头跟我握了握手。

"让我们学会在一个人的生前对他表示我们的友谊和关怀，而不是在他死后……"他说，"打那以后，我自己的原则便是远离事外。"

我离开他的办公室时天色阴沉下来，我冒着小雨赶回西卵。在换下湿了的衣服后我走到隔壁的房间，发现盖兹先生正在大厅里激动地踱来踱去。他对他的儿子和其财富的自豪感在持续地增长，此刻他有件东西想让我看。

"杰米给我寄去了这张照片。"他用颤巍巍的手掏出了他的钱夹，"你瞧。"

照片上照的是这所房子，照片的边角已经折掉，很脏，显然是已经过了许多人的手。他一边急切地将每一个精彩的细节指给我看："你瞧这儿呀！"一边从我的眼睛里寻找赞许的神情。他拿出这张照片不知让人们看过多少遍了，以至于我想，在此刻这张照片对他来说比这房子本身更加真实。

"是杰米寄给我的。我觉得它拍得棒极了。它为这所房子增添了光彩。"

"照得很好。你最近看到过他吗？"

"两年前他回去看过我，并为我买下了一套我现在还住着的房子。当然啦，在他离家出走以后我们的关系弄僵了，不过我现在明白了他这样做有他的道理。他知道在他的前面还有个远大的前程。自从他富了以后，他在钱上对我是非常照顾的。"

他似乎不太愿意放回那张照片，将它在手里举着，在我的面前又停留了一会儿。后来他把钱夹装了回去，从口袋里掏出一本破旧不堪的《牛仔卡西迪》。

"你瞧，这是一本他小时候读的书。它能告诉你他成功的原因。"

他打开书的后页，翻转过来叫我看。在最后面的一张空白页上，用印刷体工工整整地写着一行"时间作息表"和日期"一九〇六年九月十二日"。再往下是：

起床……………………………6:00

哑铃操和翻墙活动………………6:15-6:30

学习电学等……………………7:15-8:15

工作……………………………8:30-16:30

打棒球及其他运动‥‥‥‥‥16:30—17:00

演说练习和姿势的训练‥‥‥‥17:00—18:00

研究必要的发明创造‥‥‥‥‥19:00—21:00

总守则

决不再到沙夫特家或是（一个名字，字迹已辨识不清）家去浪费时间。

再不吸烟或嚼烟。

隔一天洗一次澡。

每周阅读一本有益的书籍或杂志。

每周存起五美元（用笔划掉了）三美元。

孝敬父母。

"我是偶然发现这本书的，"老人说，"它很有说服力，是吗？"

"很有说服力。"

"杰米注定要出人头地。他总是有像这样或那样的一些决心和做事的原则。你注意到他是怎么做才不断地增进他的脑力的了吧？他在这方面总是了不起。有一次他说我吃饭时像个阉过的公猪，我揍了他一顿。"

他舍不得把书合起来，每大声念上一条就抬眼关注地瞧瞧我。我想他是希望我能抄下这些条条来，对它们加以使用。

快到三点钟的时候，路德教会的牧师从弗拉兴赶来了，我不由自主地开始朝窗外望着，看看有没有其他的小车。盖茨比的父亲也在望着窗外。当时间到了仆人们走进来立在大厅里听候吩咐时，他的眼睛开始焦急地眨巴着，他疑虑不安地提到这正在下的雨，好像是雨阻碍了人们的按时到达。那位牧师几次偷偷地看表，因此我把他支到一边，请他再等上半个小时，但这也无济于事。再也没有一个人来。

大约五点钟的光景，我们三辆车的队伍抵达墓地，在淋淋的小雨中我们停在了公墓门前——这队伍里打头的是一辆湿漉漉的黑色灵车，其后是盖兹先生、牧师和我坐着的大型轿车，再后面一点是四五个仆人和西卵的邮递员乘坐的盖茨比从车站接送客人的那辆专用车，大家浑身上下都湿透了。当我们起身穿过门洞向墓地走去时，我听到一辆小车停下了，接着是一个人在泥泞的路上追赶我们时脚下的泼溅声。我回头去看，原来是那位戴猫头鹰眼似的镜片的男子——在三个月前的一个晚上我见他在图书室里对着盖茨比的书惊叹不已。

从那以后我再也没有碰到过他。我不知道他是如何得知今日举行葬礼的，甚至也不知道他的名字。雨水沾满了他那厚厚的镜片，他摘下它把上面的雨水揩去，然后看着防雨的篷布从盖茨比的墓穴上被缓缓揭开。

我尽力想在这一时刻里再怀念一会儿盖茨比，可是他已经离得我很远很远，我当时只是不带任何抱怨情绪地记起黛西不曾送来一个唁电或是一朵鲜花。我依稀听到有人小声说着"愿雨降在其上的这一灵魂得到安息"，接着是戴猫头鹰眼似的镜片的人高声喊了一声"阿门"。

我们在雨中一口气不停地跑到了车子那里。"猫头鹰眼镜"在大门口跟我搭了话。

"我没能赶到家里。"他说。

"别的人也都没有能来。"

"什么！"他感到惊愕了，"啊，我的上帝！他们以前可常是成群结队地往他那儿去的呀。"

他激动地摘下眼镜，又擦了起来，这一次是从里到外地擦。

"这帮狗娘养的。"他说。

留在我脑海中的最生动的记忆之一，是在圣诞节前后从预备学校（后来是从学院）回到西部去时的情形。那些还在芝加哥以远地区的同学总是在

十二月的一个傍晚，六点钟，聚集在古老朦胧的联邦火车站上，在芝加哥的几个朋友此时已经沉浸在他们节日的快乐中，也到车站来和再往前行的同学们举行匆匆的道别。我记得从某某女校归来的姑娘们，她们穿着暖和的毛皮外套，记得呵着热气的聊天说笑和我们碰到老相识时在头顶上挥舞起的手臂，记得我们彼此之间争相发出的邀请："你是打算去奥德伟家呢？还是赫西家？还是舒尔茨家？"记得我们紧紧攥在戴着手套的手中的绿色车票。最后，还有那些停在站台轨道上的"芝加哥——密尔沃基——圣保罗"的暗黄色的车厢，它们看上去是那样地令人快乐，就像是圣诞节本身一样。

当我们驶入这冬日的夜色中，真正的雪，我们西部的雪，开始在我们两侧漫无边际地伸延开来时，当雪片映着亮莹莹的窗户闪着熠熠的光辉，当威斯康星地区的一个个小车站上朦胧的灯火在我们的眼前一闪而过时，一种凛冽蛮荒之气便好像突然之间融进这空气之中。我们从餐车回来穿过那冰冷的通廊时，不由深深地呼吸着这清冷的空气，意识到了可又无法表达出，我们在这一神奇的时刻与这片原野息息相关，在这之后我们便又会与它浑然融为一体而无法辨识了。

这便是我的故乡，中西部——不是那望不到边的麦田和草原，也不是昔日瑞典移民住过的城镇废墟，而是那雾气蒙蒙的夜色中闪烁着的街灯和马拉雪橇的清脆铃铛声，和那窗内圣诞节日的花环被室内的灯光映射在雪地上的影子。我是它的一部分，由于每每感受着这漫长的冬季，我的个性有些冷峻，又由于我在一座市镇中的卡罗威公馆（那里的住宅仍然是以世袭多年的家族的名字称呼）里长大，多少带有了一些自傲的气质。现在我才明白我所讲的只不过是一个西部的故事——汤姆、盖茨比、黛西、乔丹和我都是西部人，或许我们身上都共同具有某种缺陷，无形之中它使得我们不能适应东部的生活。

即便在东部最使我感到激奋的时候，即便在我最深刻地感受到它对于俄亥俄州以远的那些拥挤杂乱、低矮不堪的城镇（在那里只有童叟才能幸免于无终无止的传讯）的明显的优越性时——即便在那个时候，东部对我来说也总是具有畸形的特征。尤其是西卵，直到现在仍然出现在我那怪诞的梦幻中。我看它像是埃尔·格列柯①的一幅夜景画：上百所房屋，显得既陈旧俗气又荒诞不经，杂乱地簇拥在一起。它们上面的天空中阴霾密布，月亮无光，在这夜景中，有四个身着礼服的男子肃穆地抬着一副担架行进着，担架上躺着的是一个喝醉了酒的女人，她身上穿着白色的晚礼服，一只耷拉下来的手上带着的珠宝发出熠熠的阴冷的光。男人们煞是严肃地走进一所房子——走错了房子。但是谁也不知道这个女人的名字，而且谁也全然没去在意。自从盖茨比死后，东部就像这个样子总是萦绕在我的眼前。它超过了我的眼力所能矫正的范围。所以当空气中飘散起燃烧落叶的蓝色烟火，秋风还吹拂着晾在绳子上的湿衣服时，我便决定回到家乡去。

在我离开之前，我还得做一件棘手和令人不悦的事情，也许这件事还是不做的好。可是我想把一切都安排妥当，我不愿意托付那勤快而又冷漠的大海来冲刷走我留下的狼藉。我去见了乔丹·贝克，和她聊起我们俩一起度过的时光，谈了自那以后我所经历的事情，她在一只大椅子里静静地躺着谛听。

她穿着打高尔夫球的装束，我记得我当时想她那副模样真像是一幅美丽的插画，她的下颌微微地翘起，显得很神气，她的头发是秋叶那样的金黄色，她的脸与她放在膝上的无指手套是一样的颜色，呈浅棕色。在我讲完以后，她

---

①西班牙画家，作品多为宗教体裁，习惯以阴冷色调渲染超现实气氛。

没说什么，只是简单地告诉我她已经和另外一个男人订了婚。尽管她身边有几个男子，只要她一点头都愿意跟她结婚，可我对此仍感到怀疑，不过我还是装出听后吃了一惊的样子，我不知道我这样做是不是犯了一个错误，接着我把它又在脑子里很快地过了一下，便立起身子要告辞。

"不管怎么说，还是你抛弃了我，"乔丹突然说，"是你在电话里抛弃了我。我现在对你一点儿都无所谓了，不过，在当时我是第一次尝到这苦涩的滋味，有一会儿感到有点儿头晕。"

我们相互握了握手。

"哦，你还记得，"她又接着说，"我们有一回谈论驾驶汽车的事吗？"

"哟……记不太清了。"

"你说一个糟糕的司机只是在她未碰到另一个糟糕的司机之前是安全的。哦，我碰上了一个这样的司机，不是吗？我是说我太粗心，竟作出了一个这样错误的猜测。我原以为你是一个真诚坦率的人。我还认为你以此为骄傲。"

"我三十岁了，"我说，"如果我再年轻五岁的话，我说不定会自己欺骗自己，把这称为美德的。"

她没有吭声。我带着气恼，带着对她的些许爱意和说不出的遗憾，转身走了。

在十月末的一个下午，我看见了汤姆·布坎恩。他沿着第五大道在我前面走着，他走路时还是那种敏捷和气势逼人的样子，他的双手稍稍离开他的身体，好像是要排开前面会出现的干扰，他的头来回左右地转动着，以适应他那不停看东看西的眼睛。正当我放慢步子想避开他的时候，他站下了，开始蹙起眉瞧看一家珠宝店的橱窗。他突然看到了我，踅了回来，向我伸出他的手。

"你这是怎么了，尼克？难道你反对和我握手？"

"是的，你知道我现在怎样看你。"

"你疯了，尼克，"他很快地说，"简直是疯了。我真不知道你这是怎么回事。"

"汤姆，"我问，"那天下午你对威尔逊说了些什么？"

他不出声地瞪着我看，我知道对于威尔逊失踪了的那几个小时的情况我是猜对了。我转身要走，可是他上前追了一步，抓住了我的胳膊。

"我告诉了他事情的真相，"他说，"他来到我家门口时我们正准备要出远门，我让人传下话来说我们不在，可是他拼命似的要往楼上冲。如果我不告诉他那车是谁的，他那副疯样准会杀了我的。在我家里待着的当儿，他的手一刻也没有离开过他装在口袋里的手枪……"他有气似的打住了，"即便我告诉了他，那又怎么样呢？那家伙是自己找死。他蒙蔽了你，也蒙蔽了黛西，可他实际上却是个心狠手辣的家伙。他碾过茉特尔，就像碾过了一条狗，连车都没有停一下。"

我无话好说，除了那一无法张口陈述的事实，即这不是真实的。

"如果你认为我当时不痛苦——那就错了，当我去把那套房子退掉、一进去看见那盒倒霉的喂狗饼干还放在餐具柜上时，我一屁股坐下像个孩子似的哭了。天啊，那滋味可真是太难受了……"

我既不能原谅也不能喜欢他，但是我看出他所做的在他看来是完全合情合理的。他们都是些粗心大意的人，汤姆和黛西——他们在毁掉了东西和生命之后，便又缩回到他们的金钱财富中去过起无忧无虑的生活，或者是缩回到能让他们共同消遣而永不分离的那些东西中去，让别人来收拾由他们所造成的混乱……

我跟他握了握手，否则似乎会显得很愚蠢，因为我突然之间感觉到，我好像是在和一个孩子说话。末了，他走进一家珠宝店去买一条珍珠项链——或者也许只是一副袖上的纽扣——永远地摆脱了我这个对别人过于挑剔的乡巴佬。

在我离去时，盖茨比的家仍然空着——草坪上的草长得和我院里的一样高了。一个这一村子里的出租车司机每次拉人路过这里都要在大门口停一下，指着盖茨比的住宅。或许就是他在出了车祸的那天晚上把盖茨比和黛西送回东卵的，不然的话，他就是自己对此编造了一个故事。我不愿意听到这个故事，所以下了火车后我没有雇他的车。

每到星期六的晚上我便去纽约过夜，因为盖茨比的那些耀人眼目的盛大晚会还在我脑子里活灵活现的，我仿佛仍然能够隐隐约约地不断听到从他花园里传过来的音乐声和笑声，还有在他的车道上来来往往的汽车声。有一天晚上我果真听到有一辆车开到那边去，看到了车灯照在他宅邸的台阶上。不过我没有去探询，也许那只是一位从前曾来过的客人，他去到天涯海角刚刚赶回，还不知道那种晚会再也不会有了。

在我离开的前一天晚上，当我整理好箱子，把车也卖给了杂货店老板，我走过去，再去最后看一眼那座巨大的、空荡荡如废墟般的住宅。在白色的台阶上，不知是哪个孩子用一块砖石胡乱地涂写了一个猥亵的字眼，在月光下显得格外惹眼，我用脚急速地蹭着，擦掉了它。随后我踱步到了海边，伏到了沙滩上。

岸边的几个娱乐场所现在都已经关闭了，除了一盏从桑德海湾里的渡船上发出的移动着的灯火，几乎没有任何灯光了。月亮渐渐升高，显得渺小的房屋开始融入这融融的月色中去，此时我的眼前逐渐浮现出这座古老的岛屿当年在荷兰航海者眼中的那种娇娆风姿———一个新世界的翠绿欲滴的胸膛。

它那现在已不复存在的林木（为修造盖茨比住过的这座别墅被砍伐掉了）曾经温馨地煽起人类最后的也是最伟大的梦想；在那短暂的神奇时刻里，人类一定在这片大陆前屏住了呼吸，情不自禁地沉浸在一种他既不理解也没希冀过的美的享受之中，在历史上最后一次面对面地欣赏着这一与他感受惊奇的力量所相称的景观。

在我坐在那儿低头思索着那个古老而又不为人知的世界时，我想到了盖茨比在黛西住的码头上初次看到那一绿色灯火时所感受到的惊奇。他经过了漫漫追索才来到了这片蓝色的草地上，他的梦想一定已经离得他如此之近，以至于他几乎不会抓不到它了。他不知道他的梦想已经被甩在了他的身后，已经隐在了城市以外的溟濛之中，在那里，共和国黑暗的土地在黑夜中延伸着……

盖茨比相信那绿色的灯火，相信那年复一年离我们而去的令人迷醉的未来。它在过去曾从我们身边溜走，不过这算不了什么——明天我们将更快地奔跑，更阔地伸出我们的手臂……

终将有一天——

为此，我们将顶住那不停地退回到过去的潮头，奋力向前。

图书在版编目（CIP）数据

了不起的盖茨比 /（美）弗朗西斯·斯科特·基·菲茨杰拉德著；宋云译. -- 南昌：百花洲文艺出版社，2023.6

ISBN 978-7-5500-4977-2

Ⅰ.①了… Ⅱ.①弗… ②宋… Ⅲ.①长篇小说－美国－现代 Ⅳ.①I712.45

中国版本图书馆CIP数据核字(2023)第021283号

了不起的盖茨比

[美] 弗朗西斯·斯科特·基·菲茨杰拉德　著　　　宋云　译

出 版 人　陈　波
责任编辑　陈　愉
装帧设计　师鲁贝尔
制　　作　师鲁贝尔
出版发行　百花洲文艺出版社
社　　址　南昌市红谷滩世贸路898号博能中心Ⅰ期A座20楼
邮　　编　330038
经　　销　全国新华书店
印　　刷　唐山玺鸣印务有限公司
开　　本　880mm×1230mm　1/16　印张　13
版　　次　2023年6月第1版
印　　次　2023年6月第1次印刷
字　　数　159千字
书　　号　ISBN 978-7-5500-4977-2
定　　价　49.00元

赣版权登字　05-2023-15

版权所有，侵权必究

邮购联系　0791-86895108
网　　址　http://www.bhzwy.com
图书若有印装错误，影响阅读，可向承印厂联系调换。